我怕众与我不同

那么短的快感，那么长的人生

颜彦清 著

人民交通出版社股份有限公司
China Communications Press Co.,Ltd.

目录

烟火

人间

烟火

人间魑魅

哑 巴 刘

哑巴刘原先是说相声的。

七岁拜师，给师傅端茶送水倒尿盆，天麻花亮就得起，一天所干的活计就是伺候人。别瞧不起曲艺人的这些陋习，按老话讲，这叫磨性儿，磨去你的骄气、躁气、神气，让你沉下性儿，放下身段学。

相声这行不是拜了师傅就能学到真玩意儿，艺不轻传，相声讲究“熏”、“过”、“溜”。熏指的是天天看师傅的手眼身法步，自己学。过是得自己叨咕。溜，是你得上台。哑巴刘下得了苦功，自己也琢磨，等出师了自己搭伙打把势卖艺，一张嘴样样在行，确实闯出点名气。

照理说，哑巴刘顺路走下去至少能挣出个把名头。所谓：木秀于林，风必摧之；堆出于岸，水必湍之。十五六岁出师，虽说也在场面上见过，但难掩一腔血气，真到了地头上那就是个棒槌。该交给地头蛇的份儿钱没交；该给同行拜的码头也没登过门，全仗艺高人胆大。这事情往前倒饬，还真找不到迹象，下药的人你寻不着。哑巴刘的茶水被下了家伙，一条嗓子废了。

没了挣钱的玩意儿，哑巴刘寄居到自己哥哥家。哥哥是个手艺人——篾匠，做的活儿细密扎实，老主顾多，凭着这手艺倒也不愁吃喝。弟弟遭了难了，不帮一把肯定不过眼，左右不过多一双碗筷的事。

哑巴刘傲气，不愿上桌吃饭，也怕别人打量的目光。嫂子心思通透，别人吃完了，单留一碗白饭，几碟小菜放在桌上。别人吃完，哑巴刘等屋子里没了声响才出来。

时间长了，他也出来走动，但大多时候是倚着门框看街上来往行人。好事的小孩爱编排人，群起哄笑围着唱：山上盖庙比山高，经常有人把香烧。瞎子烧香为了眼，聋子烧香为耳朵，瘸子烧香为了腿，罗锅烧香为了腰，秃子烧香盼头毛，哑巴烧香求说话。嫂子听见了拿起篾条就轰他们，越轰，他们唱得越凶，神气活现的生怕气不死个人。嫂子回头，哑巴刘低头，眼泪在眼眶里转。

一个大小伙子老在家待着也不是个事，哥哥拉着他：“弟啊，哥知道你心气高，但人在屋檐下，不得不低头。一个男子汉不挣钱那就是错。哥也不是嫌你，哥跟你嫂子这几年忙着也挣点体己钱，都拿出来给你开个店，好歹也是个营生。认真忙活两年，自己攒钱娶个媳妇，生个大胖小子，你虽说哑了，也是个全乎人，什么也不耽误。自己挣吃喝，也不用看别人眼色，日子指定越过越美。”哑巴刘眼眶泛红点了点头。

店就开在哥哥家旁边，熟食店，卖点五香花生米，猪头肉，到了夏秋供应红烧兔腿。一个炭炉子，火旺旺的，锅里的水泡此起彼伏，整条街都是淡淡的卤香味。生意一开始靠照顾，以前的师兄弟，明着是说自己馋了，谁都看出来就是来帮衬生意的。时间长了，大家都习惯来这里买熟食。哑巴刘不压秤，说多少是多少，实诚，大家放心；他不说话，也没啥心眼，做事归做事，切出来的肉又薄又细，吃起来够味。久而久之，生意也就一天好过一天。

每天自己又忙着做生意，又忙着准备食材，哑巴刘忙得四脚朝天，虽说店就在哥哥家隔壁，可是少于问候。终于，一个中午，哑巴刘发现哥哥家就没开门。

哥哥肺痨，咯血。

哑巴刘说不出话，又不会写，眼睁睁地看着哥哥。哥哥望着哑巴刘："没用的，这是报应，弟啊，这是报应。没用的。"

哥哥走后一个月，哑巴刘才开店。

嫂子一个人，难免有无赖纠缠。娘家哥哥过来劝她再嫁。可再嫁哪有那么容易，带着个拖油瓶，谁肯啊？

几次三番，目光便投到哑巴刘身上，哥哥家的孩子他肯定不会嫌弃，他开的店就在旁边，这样两家变一家，两好合一好。

传话的人把该说的都摊到纸面上掰开了揉碎了讲，哑巴刘还是有些踌躇。"你就别再考虑了，小叔子娶寡嫂，自古以来也是在讲的，谁也说不出什么来。"

结婚后那几天也怪，家里的猫跟闹春似的，不停地叫，吵得人心烦。

那天傍晚，哑巴刘关了铺面，发现猫不叫了。

一个纸包被猫爪挠开，一地的黑色颗粒，湿漉漉的。

哑巴刘愣愣地盯着那个纸包。

"那纸包是你哥放的，猫真讨厌这都翻出来了。"

哑巴刘店面三天没开张。

开铺那天，老主顾发现多了道新菜：红烧猫肉。

无产者的纷扰

梁晓生的画室第三次被偷了。他坐在小板凳上吭哧吭哧地抽烟，默默地抽光了我面前那盒软中华。烟雾缭绕中，梁晓生变得慈眉善目，拈着烟头对我微笑，跟要坐化的佛陀似的。我知道这笑不善。“你请我吃饭吧。”梁晓生说。

出来时，起风了。梁晓生缩了缩脖子，扯了扯满是烟洞的大衣，舔着嘴唇，像一只要离家的狗。

“你就没件好点的衣服？”

梁晓生闷声不说话。走远了看见他的红内裤孤零零地挂在栏杆上，随风左摇右摆，吊死鬼似的晃。

二两酒，他脸猪肝样的红。我说：“你得找个人，这么单着，迟早出毛病，你看看你，头发跟猪窝似的，身上一股馊味，你这日子还叫日子吗？”

他顿了顿说："我原先那个老婆多好，她叫萧琴，你也见过。多少人当初眼睛看直了，最后嫁了我。我不是不想跟她过。可过日子就得有个过日子的样儿，我受不了那种生活。挤牙膏得从后往前挤，吸烟一定要在外面，衣服不能放在沙发上。我前脚看的书，她后脚就给收了，我都不知道咋找。我天天失眠，头发大把大把地掉，整天跟个游魂似的，对着天发呆。我知道我完了。离婚时，我跟萧琴说了，责任都在我，我过不了循规蹈矩的生活。现在我黑夜白天不分，想什么时候画画，直接铺上纸，自由极了。每个月我能卖出去两三幅，至少能买米了。你们的生活太健康了，我受不了。我养了一只猫，春天它出去了几天，回来就大了肚子。我无聊的时候就抱抱猫，它对我叫几声，软软的。夜里我躺在地板上，它粉嫩的舌头过来舔我，酥酥的。我画画，它就坐在旁边，眼睛滚圆。看它的肚子，就快要生了。"

我岔开话题："到底谁偷你？"

"谁知道哪个龟孙子，就我这模样，说我有钱，你信吗？肯定是摸了底的。第一次，我认倒霉，第二次我去报了案，警察记录了下，也没了下文。可这是第三次了！总说事不过三，他这是骑在我脖子上拉屎，不让我过，我肯定得找到他。"

“你现在日夜不分，堵他你就得白天睡觉，夜里醒着，学鲁迅，跟猫头鹰似的，半夜起来工作。”

“我学不来。你不知道，我永远不知道我睡眠什么时候来，它跟鬼一样，不分时间，没有早晚。我眼皮一重，立马搁下笔得睡。就那一会儿，我要是错过了，就再也睡不着了。我之前失眠，害了怕了，你不知道睡不着的那滋味，全世界仿佛就你醒了，时间特别漫长，得一寸寸地挨，我都能听见血管的声音。要不我养条狗吧，狗和猫对付吗？”梁晓生有些沮丧。

梁晓生说话一点不耽误他从火锅里捞菜，筷子夹不方便，又举起了漏勺。一片肉慢慢悠悠地浮了上来，我手疾眼快，拖到了自己碗里：“这事还得靠你自己。狗也靠不住，我老家就有专门对付狗的药和工具。弄几个肉包子加点蒙汗药，狗经得住吗？一到冬天，成批成批的狗失踪，也没见谁家找。都是指天骂几句，心里明白，被人捕去做香肉了。那些狗肉馆把烧锅子放到街旁，满满一大锅，慢慢地蒸出香气，五香，八角，肉桂，狠狠地炖一天，整条街都香气弥漫。捞出来一大碗，蘸上辣酱，几大碗米饭没问题。你上次去我家，带你吃的那家就是。”

他那把漏勺打井般地上下移动，打捞上来一堆辣椒。他指挥漏勺又开始仰泳，准备抓住点细碎肉片，终究也是空空。他砰地一声放下漏勺：“服务员，再来两盘肉片，打包带走。”

“你这连吃带拿，真要打土豪啊。”

“我最近总疑心腰子不好，要补补。肉片我回去上锅蒸熟，撒上椒盐，入口一股鲜香，再配点酒，那滋味，销魂。”

秋风越来越紧，他裹了裹身上的衣服，躬着身体与我在十字路口告别。我看着他的身影越来越远，如同单薄的纸片，摇摇晃晃，终于无影了。

冬至那天，我在午饭，他打来电话：“妈了个巴子的，这贼是摽上我了。我现在是天天夜里不睡，就为了逮他，弄得跟乌眼鸡似的，黑眼圈挂得像面口袋一样。他现在改成白天偷了，傍晚起床一看，门前的狗没了，连我的红内裤都被顺走了。今年我本命年，就这么条红内裤，我都光着睡，就等着它干。我刚才试了试光着穿裤子，磨得慌，我要不要在裤子里缝几张布条，减少摩擦？”

我挂了电话对厨房喊：“萧琴，别忙了，把辣酱拿来，这肉得蘸上辣酱才有个味儿。”

人贩子

温软地从头发划过，我猛然醒来。清冷的月光从舱缝钻进来，几只江鼠，肥大，油光光，明晃晃地在舱底游来游去。一只从行李里钻出，在妇女的鼻子上嗅嗅，又转身继续逡巡。

毛孔冷飕飕，起身坐到船头。月光一半沉入江底，一半浮在水面。极目四顾，万籁无声，灰蒙蒙的水雾，白茫茫的天地。

我躺在舱面，懊恼贪便宜上了这趟船。扛着巨大麻袋的农民直接将我放行李的地方占了去，像防贼一样不允许任何人靠近。说话含糊不清的老太太不停咳嗽，空气中都是她黏乎乎的味儿，还硬往我边上凑，其余的人好像生下来就没好脸色。

巨大的吵架声惊了我，睁开眼，日光大亮。一个板寸青年应该是早上刚上船的，和农民在口角，像是为了放行李的地方。

“这地方是你的吗？是大家的，凭啥你占这么大地方？”

“那这地方是你的？我交了钱，我愿意占多大地方占多大地方，你管不着！”

“这是舱底，你那麻袋就不能竖着放啊，干嘛横着放？地方你都占了，别人怎么办？”

有人突然大叫："你们看，麻袋在动。"

听到这话，农民脸色变了，青年觉出不对："你麻袋里装的什么？"

"关你嘛事，我装什么是我的事，鸡鸭怎么了？"

"鸡鸭？"青年猛地冲到麻袋前踢了一脚。农民还没反应过来，青年就大喊："不对，这里面好像是个人。"

农民想阻挡，已经来不及了。青年的声音把人都吸引过来，大家围住农民，警觉地看着他。青年解开麻袋，一个头发乱蓬蓬的女孩，为了不让她乱动，浑身上下都用夹板固定住，可能绑得久了，夹板的位置有些变，所以女孩能微微地动。

"大家别误会，我不是人贩子，我是他爸，我真是他爸。"农民焦急地解释。

几个人把女孩解开，拿去嘴上的布，女孩既不哭也不闹，眼睛没有一点神采。"他是你爸吗？"一个妇女让她倚在自己怀里，轻轻地问。

女孩眼神空空，什么也说不出，迷迷糊糊。"也许是被吓坏了。"妇女说。

"不管是不是，先把他绑了，不能让他跑了。"本来没人敢动手，青年把麻绳一扬，大家也都顺着走，按住了农民，很快就绑好了。

老太太拿出手机报了110，几个人跑到舱室，让到前面停船。农民眼巴巴地看着那个女孩，女孩在妇女的怀里蜷缩，好像什么都不知道，妇女轻轻抚摸她的背。

大家做了好事都有些喜悦的感觉，看看姑娘，又觉得压抑。老太太盯着那个妇女，不停地咳嗽：“我是不是在哪见过你？”

“老太太，我长了一张大众脸，谁都眼熟。”

船很快就近停了下来。警察还没到。

妇女说：“你们看孩子这脸色，估计饿好久了，我先带她上岸吃顿饭吧，让她缓缓，孩子现在都呆了。”

“警察就要来了，这时候不合适吧？”青年说。

“没事儿，就近儿找个小饭馆，也不耽误办事儿，关键孩子这样让人不落忍。”

“要不再来个人陪你去吧？”

“孩子吓坏了，两个人好说话，容易缓，多个人说不定紧张。”

妇女搀着女孩往岸上走。

“别走远啊，警察就到了。”船上的人嘱托着。

大家在舱里闲聊，农民的脸色很不好看，有些发抖。

老太太突然大声说："不好，那妇女也是人贩子，我看过张贴她的通缉令，怪不得她眼熟。"

"那还等什么，大家快去找啊。这么短时间肯定没走远，大家一起去找，把船员叫上。这么丁点时间一定能找到。"

"那这个人怎么办？"有人指了指农民。

"手脚都捆上，让老太太看着。警察来了，您就告诉他们情况。"青年对老太太说完转身，"大家分方向找，找不到人早点到这集合，心里都有个底。"

大家寻遍了饭馆街道，一无所获，到岸边集合时，更奇怪的是警察居然还没来。

"谁打的110？"青年有些疑惑地问。

"老太太打的。"

"不好"，青年突然冲向船舱。

空荡荡的船舱，哪里还有老太太和农民的影儿。

一只江鼠被巨大的声音吓得突然钻出来，溜过船板，砰地一声，迅疾地钻进了水底。

养　人

叶三溜进来的时候，文师傅一趟拳刚走了一半。叶三是个过路小贼，看不出门第高低，只想顺手牵羊，做一次半道生意。文师傅半夜练拳的习惯街坊邻居都知道，夜里静，心中畅快，走拳就没了顾忌。出拳的气力十足，行云流水；浑身的劲道绵长，源源不绝。叶三就赶在这寸劲儿上，文师傅听到响动，顺着这股气，一抓，一拎，叶三轻飘飘地飞了出去。

叶三的下半生有靠了，一条腿摔了个残疾。文师傅推都没推，不顾家人的阻拦，把叶三收在了家里，那意思是认栽。检查，护理，衣食，该花的钱一个磕巴都没，甚至还给叶三上了保险。保单在叶三面前签的，告诉他：你，我管到底。

逢到初一十五，文师傅打上二两酒，弄上一碟猪头肉，和叶三对坐而饮。两人经常喝到夜色沉沉，月上中空。

文师傅借着酒兴儿，就在庭院中给叶三走了套形意拳，用手拿人，大小缠丝；用胳膊拿人，野马分鬃；用身子拿人，野驴卧道。兴之所至还念起了口诀：手打七分脚打三，五行四梢要齐全；胆上如风响，起落如箭钻，气连心意随时作，硬打硬进无遮拦，蛰龙起水雷先动，风吹大树百枝摇； 内实精神，外示安逸；打法定要先上身，手脚齐到方为真；内要提，外要齐，起要横，落要顺，气要催，遇敌好似火烧身；去意犹如卷地风，追风赶月不见迹。

叶三看到妙处，大声叫好。文师傅一身汗，看着叶三笑意盈盈。叶三端着酒杯："我真不是讹您，也不想赖您一辈子，要是您不嫌弃，收我当个徒弟或者教我门手艺，我现在这样真不是成心拿着您的短儿。"文师傅碰了一个："这事就是赶巧，哪叫我碰上了呢，你安安心心地住，哪天想走就说，其余的事我再慢慢寻摸个路。"

人生在世，吃喝二字。叶三算是见识了云端上的日子。没吃过这么好吃的菜，做好的糖醋鱼端上来，鱼嘴居然还在微微动，叹为观止。红烧肉油而不腻，舒爽可口，大虾又鲜又嫩，入嘴软滑，更妙的是酒，香醇清冽，越喝越有个滋味。

醉里乾坤大，杯中日月长。这么好的日子谁都舍不得，叶三一开始还提提学手艺的事儿，后来干脆说都不说。每天醒来日上三竿，四处转转，等着开饭。乐意呢到街上转转，不乐意呢，就在房间里晃。这么个日子神仙也不过如此。

叶三的身材像气球一样迅速地鼓起，下巴的肉像隔夜的面条都坨在了一起。

城里的五陵年少飞鹰走狗，斗鸡跑马，无所事事的叶三也成了个中高手。城东的烟馆成了他新发现的洞天福地，那玩意儿抽一口，真是飘飘欲仙，不知有汉，无论魏晋。自然这些钱都是文师傅结。

烟馆的小伙计趾高气昂，堵在了门口，一沓沓签的欠单，文师傅不断摇头，要面子的清白人家哪里受过这个。叶三清醒时，痛哭流涕，说着自己不是人。烟瘾发的时候，天王老子是谁也认不得，故态复萌。文师傅的家底也不厚，钱财流水般地出去，古董一件件递上了当铺的三尺高台。就要不能支持之际，叶三出事儿了。吸食鸦片过量，急性中毒，呼吸不畅，一命呜呼。

纸马店的老板扔出来的话绵里藏针："有欠活人钱的，你听说过欠死人钱的吗？我也是做的小本买卖，赊账给你，我一家老小怎么过活。在纸马店赊账对活人也不吉利。"文师傅不好说啥，又去了棺材店。棺材店老板的婆娘抛出的话像刀子："有钱有有钱的办法，没钱有没钱的出路，家里都被敲零碎了，充什么大爷，摆什么阔架子？"

叶三只得被文师傅一张草席，草草掩埋。

叶三死了，文师傅的日子还得往下过。眼看就要卖掉祖产了，家里人偶然翻到当年给叶三上的保单。

“文师傅啊，您现在穿着都不一样，真是富了啊！前段时间您可不这样，蔫头耷脑，现在走路都昂着头，财大气粗啊！”

“老天爷饿不死瞎家雀，好人有好报吧，没想到的事儿，都是没想到的事儿。”文师傅谦虚了一番走开了。

“他瞎？他装上个尾巴比猴还精！”

相　亲

老秦相亲了。

消息传开，和他住对门的老许头咋呼得厉害：“他年轻的时候就不是什么正经玩意，到处骚情！”

老秦还是小秦时候做的是杀猪匠，活做得干净。一头嗷嗷直叫的肥猪被他绑在桌板上，他微微眯着眼睛，手起刀落，猪的嚎叫声逐渐委顿，赤朱的鲜血倾流而下泻入老秦的大瓦罐中。就凭这手，四里八乡都认，活做得脆生。

其他杀猪匠沉默寡言，干活拿钱，临走一般还要把猪下水提走，和主人家不来往。老秦不一样，话多且密，家里有几个小子，闺女出没出阁，许给哪家了，家长里短，鸡毛蒜皮，越谈越亲。熟了之后，老秦就会给别人扯闲篇，赵头沟有媳妇偷汉子被抓住，扒光衣服在打谷场上站着；张家祖坟里出了狐仙，见到的人魂都被勾走了。大姑娘小媳妇臊得满脸通红但还是想听，当家的男人就推着老秦：“你怎么就没个正经？”

逢到别人生日，姑娘配人家，他拎着一条猪腿或者两条下水就去了。就冲这份礼，哪个做主家的能心里没数，久而久之，生意都被老秦抢去了。

老秦这人福薄。第一个老婆是庄稼户出身，家里家外都是一把好手，做人处事敞敞亮亮的，老秦饿了有热饭，回来有洗澡水，过了几年好日子。他老婆啥都好就是贪热闹，去大市赶集，让摩托车撞了，没救过来。

老秦成了单身汉，一儿一女没人照料。家里孩子整天哇哇地哭说是想娘了，家务也没人料理，锅台生了灰，被子上的油能有一层，谁见了谁摇头。街坊四邻都过来劝，让老秦往前走一步，家里没个女人真不行。

续弦娶的是个寡妇，男人电鱼结果不小心被电死了，好在没生养。模样很周正，干活也还行，就是爱嚼舌根。老秦闲扯基本都是神仙鬼怪和黄段子，这个寡妇可不一样，喜欢造谣生事编排人，指天骂地，来了没三个月，把人都得罪光了，谁见了都绕着走。有人劝老秦："这样的媳妇要不得。"老秦叹了口气："娘们家家的，懂什么，况且对我儿女也都不错，我累了，不折腾了。"这位倒是陪老秦过了好多年，走得很安详，睡一觉就没醒。

一双儿女大了，搬出去了。屋子里空荡荡的，老秦心里没着没落。去二女儿家吧，二女儿天天逼着他洗澡，说他身上有股猪粪味。吃饭的时候，二女儿脸就拉下来了，把他拉到阳台像训孙子似的："爸吃饭别吧唧嘴，对孩子影响不好，别老用方言逗孩子，孩子正在学语言阶段，学坏了怎么办？"老秦心里一股一股的火在冒就是发不出来，心里憋屈。

转到大儿子家，媳妇倒是不管他了，顶多吃饭时照一面，人情味淡，但这也好，活得自由，守着儿子怎样都踏实。到月末老秦不干了，儿子跟他要在这里吃住的生活费。老秦没忍住："老子养了你这么多年，你跟老子要生活费，你是不是丧良心了，这话也说得出口。"气得老秦呼呼的。儿子倒很冷静："爸，你别气，这个家啥都AA制，她爸她妈来也一样。"

老秦懵了："啥叫AA制？"

相亲双方都还满意，老太太原先是小学老师，一头银发，说话柔柔软软的，老秦的心飘飘荡荡。老年人图个过日子，也没磕磕碰碰，但就是不对个脾性。外面的国槐开了，老太太倚栏而望："叶子暴青了！"老秦过来瞅瞅："这树叫'吊死鬼'有啥好看的？"

老太太气不打一处来，走了。

老秦腿折了，老许头哈哈直乐："不知道吧，什么不小心摔了，扯淡，他逛洗脚房，警方突击检查，他从二楼逃摔的。"

大儿子说："爸，我没空陪你，忙得很。"

二女儿在电话里很强硬："爸，你做的事我们心里都清楚，别让我丢人了，我还要脸呢！"

老秦把电话砸了："都他妈的狼崽子，老子做什么了，不就是去洗脚房找个人聊天吗？老子的钱就是烧了，也不给你们留。"

老秦把半辈子的积蓄拿出来，开了个洗脚房。没想到还挺红火。

老许头过来："老秦啊，街里街坊的，办个卡给个八折优惠啊！"

大儿子拎着补品："爸，你这缺会计吗？要不我给你做收银吧？这个钱的事还是家里人做放心。"

老秦看着他不说话。

二女儿抱着外孙子，逗着孩子："来，快叫外公，小宝贝是不是想外公啦？"

"爸，你这边要是找人帮忙的话就跟我说，我没什么事，随时能来帮忙。"

老秦嗯了一声，没接下茬。

老许头被逮个正着，洗脚房也整顿歇业。

派出所的同志有点为难，因为老秦是自己举报自己的洗脚房。

送子观音

舅妈长得很精彩。

三十多岁的人，唇红齿白，皮肤嫩得能滴出水来，一阵风似地走过，带走一片人火辣辣的目光。

舅舅生性风流，花花事就没断了，舅妈根本没上过心："猫偷腥还不是正常的，玩够了还是得回家。"每当舅舅带着那几乎被折腾地散了架的身体狼狈回家，舅妈就当没看见，该喂鸡食喂鸡食，该打猪草打猪草。小腰扭得风摆柳似的，看得舅舅的火一阵阵地往下蹿。结果身体是真散架了。

舅妈原先在村头卫生所给人接生，谁家的媳妇肚子大了，那第一件事就是领着全家敲舅妈的门，大包小包地送过来，拜托的话成筐讲。那时候农村妇女的生育和现在不一样，生子和进阎王殿就隔了一层纸，回得来回不来就得看接生婆的本事了。

会接生的也不光我舅妈一个，比如住在老槐树底下的李媒婆，接生经验丰富，但脸上长着一颗醒目的瘤子，看得人心里直哆嗦。阳光一好，她就喜欢捧着自己的脚底板使劲抠，一层一层跟蛇蜕皮似的，本来想找她接生的人见到这一幕也喉头发紧。

谁家孩子不愿意生下来的第一眼见到的是个美人胚子，按老话说：这样孩子才能长得顺。舅妈接生的时候声音轻柔，下手却干净利落，柔嫩的声音像镇定剂将一个个孕妇紧张的情绪抛到九霄云外，利落的身手减少了无谓的等待与痛苦。生了儿子，她必定出来报喜：“恭喜了，是个大胖小子。”若是个不带把的，舅妈也满面笑容：“生了个贴心小棉袄啊，招财宝！”

舅妈就这样一步一步地将村子里所有妇女的接生权揽到自己手里，从东头到西头，从田间到产房，她的身姿迎风招展，盛开在男性隐秘蓬勃的欲望里，绽放在自己飘飘然的事业上。李媒婆落寞地在柳树下一层层地蜕皮，嘴里一直在嘟囔：“真他妈地怪，都喜欢让一个不会下蛋的母鸡接生。”

舅妈没生养过，具体原因不明，到底是舅舅风流过头还是舅妈不愿，这样的猜测顽强地生长在各种闲谈里，却一直得不到任何证实。大部分人还是倾向于舅舅太过风流，造孽过深。

舅舅风流史上最浓墨重彩的一笔莫过于那次被人堵在被窝里。

堵他的不是别人，正是舅妈。那一次，是李二炮的媳妇难产，一般这种情况都需要一个多小时，孕妇精疲力竭，舅妈也拼尽全力才能母子平安。事情寸就寸在这里，虽说是难产，但有惊无险，孩子还算顺利地下来。舅妈回来时还特地带了舅舅最喜欢喝的酒，推开门，两条白花花的蛇纠缠在一起，舅妈斜睨着床上的一团：“别着急，别着急，现在着急容易阳痿，这点我比你懂！”

这样的细节我们之所以知道，是因为舅舅确实把事闹大了。因为他搞的是村长的媳妇，更重要的是村长媳妇当时还怀着孕。

村长就是“土皇帝”，敢在他头上动土，后果可想而知。村委会上，村长一点也不避讳：“你睡了我媳妇，我就要睡你媳妇。”眼神邪气而凛冽，放肆地打量着舅妈。

这件事情不了了之，不了了之的主要原因是风向变了。计划生育的口子越扎越紧，女性生育过一个的，不断地号召她们结扎。而真正系统地到镇里学过结扎的只有舅妈一个，不用也得用，村长这回是吃了个蒙头亏。

“一人超生，全村结扎。”“一胎上环，二胎结扎，超生又扎又罚。”

在这样的硝烟漫地的口号里，舅妈就是个消防队员，不断地号召，恐吓，威胁，诱惑，软硬兼施，胡萝卜带大棒。

舅妈还是被人称为“送子观音”，讽刺之义，不言自明。

上有政策，下有对策。

能结扎就能放。

舅妈绝就绝在这里，一双眼睛毒辣辣的，谁放了，谁没有放，看着她们走路她就能知道。

小时候的我跟屁虫似的粘着她，那些妇女在舅妈面前战战兢兢，头都不敢抬起来，但眼神里的怨毒能吃人。

李媒婆不断散风：“做这种事，怪不得断子绝孙，什么都生不出来。”

我问舅妈：“你怎么看出来的？”

“你一个男生老好奇女人的事？干什么？”

“你到底是怎么看出来的？”

“你长大了就懂了。”

那个时候就特别向往长大，可惜，长大的过程太过缓慢，缓慢得让我知道了背后的秘密。

舅妈把头胎是女孩的家庭名单列出来，与她们对视的时候，扭扭捏捏，不自觉低下头，十有八九就是了。

不过不像牙尖嘴利的李媒婆说的，舅妈做了这种事后反而有了。

舅舅逢人就笑：“我要有儿子了。”

“你怎么知道不是个丫头？”

“你没看她的肚皮吗？尖尖的，肯定是个儿子。”

酸儿辣女，怀了之后，舅妈酸的就没断过。

舅妈估计没想到，她临盆的时候接生的居然是李媒婆。

舅妈难产那天瓢泼的大雨下得人心慌，李媒婆来的时候舅妈已流血不止。

“不行了，不行了，必须打电话。”李媒婆尖锐的声音像是催命符。

舅舅远在外地进货。

“保大人还是保孩子？”

电话那头是难堪的沉默。

李媒婆猴精一样的人，哪能不明白这意思？

雨过天晴，一死一生。

孩子活了下来，是个姑娘。

春天，新舅妈牵着小姑娘在田埂上轻柔地走。

小姑娘长得白净，眼睛到处转，白开水一样的眼神泉水一般地流淌。

我蹲下来逗她：“你叫什么名字啊？”

“李招娣。”

戏子

一

雪渐渐大了，风慢慢地冷。大片大片的雪花飘飘摇摇，纷纷扬扬，落在地上嚓嚓作响。几只寻食的麻雀，在枝头跳跃，咯吱一声，枝干断裂。抬眼，麻雀已振翅飞没在黯淡的天空。

世界混混沌沌，迷迷茫茫，弥漫雪的烟雾里两人隐约而来。两人一高一矮，一前一后，顶风缩衣，到了门口，声音透着寒气：“你们剧团团长在吗？”

看门的青年被声音搅得从柔软温热的被窝爬起，一股焦躁扑面而来：“王团长今天不过来，你们愿意等，就待在外面等。”砰地一声，门被反手合上，门檐上的积雪霍然而落。

两人敛眉低首，裹紧棉衣，侧身而立。雪簌簌而下，帽子上薄薄一层。彤云四合，冷风呼啸，苍茫天地，四寂无声，两人不急不躁，自自然然，就这么幽幽候着。雪下得更深了。

省里的名角林四海就这么安安静静地来了。

练功厅，空空旷旷，雪亮干净，四壁皆白。门外人头攒动，身影交叠。

林四海体格匀称，当中而立，一袭长衫，清爽齐整。今天这场合是考校林四海随身而来的琴师黄襄，一个人单配一个琴师，团里，谁也没这么大谱。林四海的话敞敞亮亮："黄襄打我出师，就随着我，没他，我的戏不精神，不是那个味儿。"

团里的编制名额满满当当，端上公家饭，吃到商品粮是个个眼红的事儿，为这事人脑子打成狗脑子，也不鲜见。不露两手绝的，人留不下，也难服众。

黄襄上前，敛身一躬礼，继而退到林四海身侧，恭恭敬敬，垂首低眉。

两人对了个眼神儿，黄襄便起调。林四海声一出口，四座皆惊，光彩照人。

宝剑出鞘，溢彩华章，唱腔时而紧张，如急风暴雨，万马奔腾，眼前似见累累白骨；时而低沉，千回百转，月白风清，细若游丝；忽又扬起，春风化雨，似春和景明，波澜万顷；终至平淡，沉郁苍凉，回肠荡气。唱段悄然而终，人琴俱寂。

人人屏气凝神，看得痴了。那份从容自然的潇洒气度，举手投足间的老辣灵动，俱是世间神品。唱法大气厚重，直上云天，清脆得如好鸟鸣叫。

黄襄的琴声了不得，林四海的音域上穷碧落，他功力稍微不济，便会相形见绌。但他托得一丝不苟，稳稳当当，不洒汤，不漏水，纹丝不乱。凄清处衬得如孤鹤寒林，寂寞沙洲；热闹处，端得是豪气扬眉，激情澎湃；纵横处，他那琴声如烟花入天，五光十色，千头万绪，一齐迸出。

不知谁带头喊了一个“好”字，掌声雷动，不绝于耳，人人均是胸中怦怦而动，眼前一片豁亮。

这样的唱腔，身段，这样的胡琴，技艺，如杯水入江，天衣无缝，珠联璧合，浑然一体。王团长微笑，四面转了一下头，无人异议，这事定了。

二

林四海来，主要是带学员班。新收的学生心气躁，功底浅，看不住。眼见有些苗子没有人领着就要废了，这才请林四海来救场。

林四海寡言，带学员就两字：练功。早上，四五点带着学员去护城河边吊嗓子，下午基本功，晚上讲词曲儿。学员大多年纪青幼，四五点正是睡梦香甜的时候，此时起床，颇为要命。林四海不言不语，提溜着一根油亮皮鞭，贪睡躲懒，劈头就是一鞭子，那个钻心疼。

起始，学员们怨声载道，说咬人的狗不叫，更有人说他是鸨子心——心毒手狠。但如此日日坚持，苦也就惯了。早晨空气新鲜，爽人肺腑，护城河边水雾蒸腾，空旷无人，吊起嗓子来，越吊越精神，嗓子越喊越宽。久了，觉出好，怨愤的人渐次少了去。

练功也是些基本路数：拿顶、下腰、前桥、后桥、虎跳、五龙搅柱、屁股座子、抢背、耗腿、踢腿、圆场、蹉步、台步……要想台前显贵，必得台下受罪，这些可不是好挨的，如受刑一般。林四海眼睛似看未看，似张未张，手里捧着一壶茶，悠来荡去。

那些趁师傅不注意偷懒的学生最怕听见林四海的虎音：×××，到这来。也不用点出，自己自觉蹲马步，头顶一杯茶，纹丝不露，两小时后自己归队；洒汤露水，再加钟点。久而久之，听见林四海的虎音，学生的腿抖似筛糠，太怕了！

也有学生好高骛远，基本功不到家，自己偷着揣摩林四海台上的绝活。但怎么练，怎么不是个样儿。林四海做起来如仙鹤入林，他们学起来似秃尾巴鹌鹑，怎么看怎么露怯。林四海瞧过一两回，拍了拍他肩膀："别急，这是火候没到，熬着吧！"

林四海偶尔示范：踏步、静心、亮相、睁眼、吸气、闭嘴、吸肚和挺腰，这些动作一气呵成，利落漂亮。京剧有它的一定之规，那是老祖宗千磨万挑传下来的，一招一式，都是戴着镣铐跳舞。能否舞出满堂华彩，火花四溅，就要看你有没有这个功夫，火候和天才。

晚上的课有教员带，林四海便得了空儿去城南。林四海没老婆，也没相好的，名角经常出头露面，风风光光，有点桃色倒是意料之中，他一点不沾，倒显得有些不群。四十岁的人不成家业，不置田产，夜里连个暖被窝的人也没，这么鲜亮的人，当然引起猜测，说什么的都有：那方面不行、断袖癖、被女人伤了心，说法百般，千奇百怪。

媒婆踏过几回门，揣着几个姑娘的小照，让他瞧瞧模样，也领过女孩子进家，互相打望一下，看看“人才”相貌。只是每次都不成，媒婆问他咋样，他摇头，再问哪不满意，他还是摇头，追问下去，他面色酡红，豆大的汗珠，一句也不言语，媒婆也没辙。

三

林四海在县城只有两个朋友：拉胡琴的黄襄，和城南的钱三皮。钱三皮是乞丐，浑身脏烂，眼角下有颗瘤，乍见，目不忍视，狰狞可怖。他要饭要得轻松，谁家铺子包子什么时候出笼，哪家饭庄最是什么时候热闹，他门儿清。

第一笼包子出的时候，他就直勾勾地盯着，他这模样，杵着影响生意，给他一个热乎乎的，打发完得了。饭庄子热闹的关口，剩饭剩菜最多，不消他说，老板直接倒进他的粗瓷大碗，只是吃着得精心，啃半边的鸡骨头，剔下的鱼刺。他眼贼，不怕。

要是逢年过节，有小孩又买了鱼的人家，他必蹲在在门口等。此地不兴吃鱼籽，据说吃了脑子会不灵光，这自然又落在他的腹中。

钱三皮本是富家子弟，自己好上吸大烟将家业败没了。钱三皮的父亲外号叫钱半街，言下之意半条街的店铺生意都归他家经营。到了钱三皮手里，用度随意，花费大方，交游玩猎，毫无节制，眼瞧着店铺一间间地转让，房屋一栋栋地贱卖。

大烟是无底洞，欠的账利滚利，终至滚尽了他的偌大家财，连最后的三间北房也未能保全。钱三皮潦倒至夜夜睡在他人屋檐下，收来的垃圾竖斜在墙边，下着雨的夜，雨滴有节奏地敲打着蛇皮袋，滴答，滴答。

钱家家业旺盛时，有戏楼，专供娱乐消遣。有戏楼，自然养戏子。主人家会买孩子，请教习，让他们学戏。孩子好教，打小练，童子功扎实，而且赏他们饭吃，他们自然肯卖力气。林四海便是当初他们买来的孩子，唱红是后来的事，当年喂饭施粥教戏之恩却从未敢忘。

之前林四海每次回来，会给钱三皮些银钱，安顿一下生活。各大饭馆酒楼他也都存些钱，嘱托着钱三皮来供给些好菜。钱三皮腰包一鼓，烟瘾就到，鼻涕眼泪一起来。

昏暗的烟馆，林四海给他烧烟，一丝不苟。一人一个绣花枕头，钱三皮横躺着，林四海用烟具细细地挑出烟膏，打开灯罩，烟膏烫在红红的火苗上，嘶嘶啦啦的响声，焦焦糊糊的香气。烧好了，毕恭毕敬地递过去，钱三皮急急地吸两口，放下烟枪，眼睛全闭，胸前一伏一伏的，他舒服了。

新中国成立后，给钱也没法了，烟馆封禁，吸食烟毒者限期登记，定期戒除，否则予以处罚。出了戒毒所那天，林四海来接，钱三皮都没了个人模样：胡子拉碴，头发老长。林四海一把就把他拉到剃头挑子那洗头净面，在饭馆里好好地请了他一顿。

晚上两人静静地走，钱三皮突然停住。林四海回头，走近，钱三皮脸上直愣愣地挂满泪水："小海子，你说自打出了娘胎，我受过这罪吗？简直没法活人了，瘾发的时候，天天得用头撞墙啊。"泪流干了，他抬头："小海子，我还是想那一口，戒不掉啊！没那玩意儿，你看我还有精气神吗？我就这么个德性，这辈子做不得啥好人。家，家败了，人，人活成这样，哪还有脸啊！"

林四海嘴笨，发窘："钱爷，您是爷，哪一辈子您也是爷，我也是唱戏的，老爷子当年对我的恩情，我这辈子都记着，只要我吃干的，您就喝不了稀的！您宽宽心，没有过不去的火焰山。”

钱三皮眼泪未干，脸紧紧的，嘴角挤出一丝苦笑：“小海子，咱毕竟是两路人，你是吃公家饭的，我不能连累你，我虽然混账，这点理，我懂！”说着摆了摆手，那意思谁也别再谈了。

林四海醒来，旅馆里已经没了钱三皮的影儿，伙计说：“那位爷天刚擦亮就离开了，一脸的丧气，还跟我打听观潮湖怎么走。”观潮湖风高浪急，寻死的大多朝那去，每年捞起不少死漂子，林四海心道不好，夺门而去。伙计在后面急了：“您账还没结呢！”

林四海在观潮湖守了三天，泡发的尸体一个个认，不是，都不是。这人哪去了呢？

林四海病了三天，发了场大汗，黄襄衣不解带地伺候着。病好了，黄襄淡淡的一句：“不值当的，伤身劳心！”

林四海取出一个画轴儿，慢慢铺开。画里近景炊烟缭绕，农田林立，垂髫小儿，追蝶扑香，童真稚趣，扑面而来；远景一条大江，浩浩荡荡，波光粼粼，水气洇然，半边斜阳，忽忽而垂。一人木筏，独钓江上，山林沙洲点染，映出苍茫寂寥之意。右侧两行蝇头小楷：一生负气成今日，四海无人对夕阳。与画相配，更增孤单清寒。

“这么多年了，我一直没跟你讲过我名字的来历。这幅画是我出师那天，钱老爷子醉酒泼墨赠我的，从那之后，我就叫林四海。人啊，越老越念旧，不能忘了自己从哪来的！”林四海摸着画说。

黄襄大着胆子：“四海，我说句不中听的，你现在的话没一点热乎劲儿，这可是下世的光景，我们可都指着你，你可不能趴下。”

黄襄这是说得宽心话，他那一手出了剧团人人抢着要，不指着谁过活。他的玩意儿拿人，莫说在这个县城，就是整个省那也是头份儿。

琴音一出，如穿针引线般将听客不知不觉带入化境，如痴如醉。他这手跟别人不同，他人是科班练出来的，他是在杂耍地打出来的。论察言观色，鉴貌品人，你不是他的个儿。不管场上如何风雨雷电，白往黑来，任由你审视扫荡，他脸上不变半点颜色。

这份静气得多亏他爸爸，他爸用老江湖的说法是专门闯啃骗财的。有那十三四岁，不学好的，他拐来好吃好喝供着，上了道就教他骗术。专找妇女人家，教孩子闯进去，眼泪涟涟，哭得伤心欲绝，多是讲自己被师傅打，想逃，说得妇女心软。

这时黄襄他爸爸气喘吁吁赶来询问，大略说柜上跑了个小伙计，摸走了许多药材。孩子可怜，妇女自然帮忙遮掩。孩子见他走远，一脸愁云，担心无钱自己如何回家，主动提出贱价卖了这些药材。药材大多名贵，硬通货，贪便宜的人多，在周围一销而空。等到发现有假，早已悔之晚矣！孩子十三四岁拐来，教他吃喝嫖赌，待到十七八岁，人渐渐大了，对他无用，立即扔了，再寻摸下一个孩子。

这路人对自己孩子哪有个好？黄襄在杂耍地儿，每日必须要够指定的数目，不然回家必是一顿棍棒，遍体鳞伤。风刀霜剑，万千苦楚，逼得他聪明伶俐，磨出一手好琴艺。

黄襄是林四海撞来的，那时候他作艺，还没露头。琴师和他不对付，日日别扭，台上给他好看，连连出丑。逛园子，去听乐儿，遇见了黄襄。黄襄面白精瘦，看着不讨厌，一曲下来，平平整整，规规矩矩。林四海拦着他，两人找了个空旷野地，试了一下，尺寸劲头都对。

等到林四海红了，把黄襄打扮得体体面面，对黄襄的生活照顾得周周到到。刚摘下来的鲜桃蜜果，集上新到的嫩牛羊肉，只要林四海见到，必给黄襄备一份儿。包银，车份儿更不用提，给他的都是别人的两倍，这是林四海和老板谈妥的条件。跟着林四海，黄襄透亮，不受屈。也有人想挖他，给的价钱吓人，黄襄指着桌上冒着热气的河豚汤："这是四海尝过的，没毒，才给我送过来，说是尝个鲜儿，您要不也来一碗？"

此地五六月份盛产雏鸡，小鸡油黄，肉鲜质嫩。细细地拔去皮毛，收拾利落，内脏放入盐醋，用荷叶包好，上笼屉蒸。一小盘萝卜丝，干脆；两大碗米饭，雪白，此时剥开荷叶，清香扑鼻，鸡肉蒸得酥烂，入口滑润，微含荷香。院里月色溶溶，两人进酒食雏，喝至天色向曙，均已醺醺然。

黄襄借着酒意，稍壮了声："四海啊，你得服个软啊，形势比人强，现在的风头对你不利啊！"

林四海满面涨红："要我服软？就那帮小杂碎？想我对他们弯腰，姥姥！"

四

黄昏，大雨。

大礼堂里热闹腾腾，正中央悬挂着领袖的巨幅肖像，两端贴着鲜红硕大的语录。士兵荷枪实弹，眼睛冷冷发光，面无表情，笔直地站立在两侧。卡车来了，会场沸腾了，人人站起，如波浪般汹涌，山呼海啸。

林四海挂着沉重的大铁牌子，细细的钢丝无情地勒进脖子，雪白的皮肉血迹斑斑。他的头发被大雨冲刷得蓬头垢面，衣服已经湿透，潮腻腻地贴在身上。

两个人撅着他的胳膊，他倔强地昂着头，一人上前猛抽他两个大嘴巴，拼命把他的头往下摁。刚进会场，一个革命小将飞起一脚朝林四海的肋骨踹，他痛苦地跪了下来，几个人把他架了上去。

对于任何询问，林四海都闭口不答。一个小女孩狠毒地给了他一巴掌，几缕鲜血从嘴角流出，女孩气势昂扬地朝全场喊话："他这是把刻骨仇恨埋藏在心里，你以为不说话就没事了？这是彻头彻尾地对抗改造，拒绝承认罪行。"

人群开始沸腾了，一个小伙拎着铁棒直冲林四海，林四海死死地盯着他，目光雪亮凶狠，小伙吓得松开了手上的铁棒。一人乘其不备，朝他的腰狠踹，林四海疼得打滚，当场尿失禁。人群一拥而上，林四海奄奄一息。

天空暗云低垂，斑斑驳驳的月光，午夜的城市没有一点温度，起风了，呼呼而过，像野鬼哭泣。林四海如同死一样的冷，两只手血淋淋，他的希望淹没在风暴般的痛苦里。黄襄打来一盆热水，轻轻地擦拭伤痕，手颤抖着慢慢地拂去那些血污，脸上豆大的泪珠滚了下来。

油灯的火苗在摇曳，林四海眼前漆黑一片，他挣扎着坐起："有酒吗？"不待黄襄回答，他径直奔向厨房，摸出一瓶料酒，牙齿咬出瓶盖，咕咚咕咚而下："这酒辣，烈，够劲儿！"黯淡灯色下，林四海脸颊红肿，眼睛胀出，满脸污泥，一颗大门牙已经洞开。

他在笑，他居然在笑："把琴拿来，好久没唱了。"

"现在？"

林四海又抿了一口酒："对，现在。"

琴声一起，林四海悠悠清唱，短促有力："青龙偃月神鬼皆愁；白马坡前诛文丑，在古城曾斩过老蔡阳的头。他三弟翼德威风有，丈八蛇矛惯取咽喉；鞭打督邮他气充牛斗，虎牢关前战温侯。"

唱得字正腔圆，声情并茂，豪情万丈，到了末句，他哈哈大笑："龙游浅水遭虾戏，虎落平阳被犬欺，张翼德被无耻小儿割去头颅，关二爷败走麦城身首异处，哈哈，我林四海英雄一世，居然悲惨至此，富贵荣华，过眼云烟，人情冷暖，世态炎凉，今个儿我算是尝透了！”

黄襄放下胡琴，坐定身子：“四海啊，好死不如赖活着，留得青山在，不怕没柴烧。咱这行当，哪朝哪代绝过，世道不会老这么乱，趟过了小阴沟，就是阳光地儿。咱得自己疼自己，不能想窄了！”

林四海没往绝路上走，过了些天，给黄襄送了喜帖——他要结婚了。

女方是寡妇，在棉纱厂当女工，都是可怜人，谁也别嫌弃谁。没办新式婚礼，还按老规矩，花轿鼓手齐备，热热闹闹，吹吹打打，林四海没太注意，一身干净长衫，女方却没马虎，红缎子绣鞋，凤衣披挂，虽没见着脸，身段挺俏。

女方叫张白，姿容绝代，一双柔水般的狐媚眼儿，勾魂似的。新媳妇刚到林四海家就顶门立户了，虽说还是吃的窝窝头，码得齐整，看着舒心。咸菜都是一筷子一筷子细细匀碎的，原先吃着像咸疙瘩，现在嚼在嘴里有股干脆劲儿。

林四海爱干净，张白天亮即起，洒水扫地，洗衣做饭，逢到阳光透亮的天气，将戏服一件件摆开晾好，轻手轻脚，再穿上一点褶皱也没有，倒是有股子阳光的暖意。

家里四白落新，屋外蔬菜嫩绿，逢到月底，林四海会叫上车和张白去钓鱼，男的高大英俊，女的艳若桃李，走到哪都扎眼。左邻右舍的先是嘀嘀咕咕："她之前的男人听说就是被她掏空的，一看就是婊子货，能安安稳稳过日子？迟早林四海的家当得败光了。"

"什么马配什么鞍，什么鸟落什么巢，人家吃光败光，那叫心甘情愿，有几个狐狸精不吸人血的？"

可这议论也渐渐少了去，张白大清早便去倒尿桶，一点娇贵样也没有，浑身上下素头净面，除了一副明晃晃的耳环，别的无二致。说是图财，林四海的财物早被没收了，从原先的院子里被赶出去，住在街角一个冒雨漏风的窝棚。

就这么个烂窝棚，张白先是找了干草编了草席将四处整缮一新，将臭水沟旁的荒地挑土一铲子一铲子铺平，种上瓜果梨桃、各季蔬菜、搭上葡萄架，垄出蒜苗地。

运动时断时续，批斗左一场右一场，暴雨骤风，劈头盖脸。再难，林四海也没寻了短儿，家里有个人等着，是个盼头，有人牵着，也就没那么想不开。

到夜里，坐在葡萄架下，凉风习习，金黄的油菜花摇摇曳曳，雪白的豆花晃晃荡荡，饮酒，唱戏，水袖一舞便是铁马金戈，两三步一迈就是海角天涯，张白就这么瞧着，不言语。月移星斜，两人一静一动，世界仿佛透明了。

五

秋天，林四海被剧团开除，形单影只，孑孑然。道边，秋虫唧唧，乱鸣入耳。路旁的桂花开了，金光闪闪，浓郁清香，晓月疏淡，林四海胸中一爽。

回家对张白说：“剧团不让唱了，咱就去茶馆，哪儿的水土不养人，饿不死。”张白有些忧心：“你头上被扣的那些帽子，茶馆能让你进吗？我乡下哥哥那还有几亩薄田，要不咱去投靠他，在这地方我怕！”林四海叹了口气：“你就是被你哥卖给那个痨病丈夫，指着他，还不如靠自己，明天我去找茶馆老板谈谈，我的玩意儿我有底气。”

绿香居的老板话说得很得体：“您来，我们欢迎，但我们这您拿不了多少，茶房要抽头，我也得赚点，但肯定够您的嚼谷。账一天一结，肯定不欠着您的。但您得看着点我的眼色，您的境况我们也都了解，但这年月，谁也不想引火烧身，有一天不让您唱了，您好来好去，咱两不相欠，要是行，明个儿，你就来试试场子。”

绿香居是数一数二的大茶馆，茶座多，很热闹。三教九流，人多眼杂，孩子哭，大人叫，在这说书，打鼓，唱戏凭的是真本事，稍微不济，就得被轰下台。前排坐着的是有头有脸的，懂行，要听真玩意儿；后排立着的多是卖苦力的，下午挣够了一天的挑费，叫杯茶可以磨到晚上，听的是个热闹。

再到后面立着的，手上拿碗干白酒，只是为了休息休息麻木的神经，酒喝完，脖子又粗又红，出了门去。前排叫的是龙井，雨前之类的香茶，想起来，悠悠地摆开臂膀，小小地嘬一口，又缓缓地盖上；后排叫的多是高沫儿，味浓，如牛饮水，为了解渴。

林四海一亮相，勾脸有味，动作麻利，台步干净，立刻一个碰头好，满堂彩。唱完，掌声能把房盖挑了。老板脸乐开了花：“您真是角儿，一露脸，那份气度。得，这是您今天的戏份儿，您收好！”林四海心中却不那么满意，台上的琴声吃不住劲儿，绷不住，他卸了妆，想去瞧瞧黄襄。

步刚迈开，又转头回家：自己这个身份，别给人家惹事。他没去找黄襄，黄襄自己寻摸来了，到了，坐在墙角，门外叫两碗老豆腐，多加辣子，呼噜噜，再抬头，静静地看林四海。

林四海拿了戏份儿，黄襄起身，一弯冷月，两人一左一右，黄襄步步紧跟着。两碟花生米，一壶老米酒，半架瓜棚下，两人对饮，枯黄的藤蔓弯弯曲曲，垂了下来，风一吹，孤单地晃。

酒喝了半壶，花生米嚼得腮帮子疼，林四海给黄襄倒了杯酒：“不拉就不拉吧，您看我，这都到茶馆了，自古作艺的人是面团，想怎么捏鼓怎么捏鼓，是圆是扁，随人高兴。”黄襄凄笑：“不让拉琴，现在让我扫厕所呢。一个大老爷们扫女厕所，次次被当流氓，轰出来又被赶进去，那把琴也被没收了，我去讨，他们说不见了。”

你一盅，我一盅，酒喝尽了，话未说完。

之后黄襄隔三岔五地来，只是出了门，相背而行，各回各家。

六

林四海正在后台勾脸，勾得正高兴。挑帘里猛然闯进一人，瘦削不堪，两眼深陷，头发乱蓬蓬的。管事的正要把他往外轰，林四海手中的笔陡然而落，惊惊地叫了一声：“少爷，是你吗？”

林四海把钱三皮引回家中，热水烧了三锅，身上的污垢方才洗净。剃刀缓缓地剥落他脏乱的毛发，一寸寸往下落，换了身洁净衣服，看起来刚刚有了个人模样。

钱三皮身上害了毒疮，一块块地流脓，红肿狰狞。治病的草药，杨山才有。杨山离此地三百里，林四海烙了二十多张饼，裹在包袱里，背着篮子就出了门。

十天才回，整个人乌黑干瘦，呵呵地笑，给钱三皮捣药。轻轻地涂在毒疮上，慢慢地抹匀，也是有奇效，不消两三天，毒疮脱落，长出了新皮。

张白先是劝：“咱自个儿都难保全，你再招这么个人在家里，指不定惹多大的祸！”见林四海心意已决，便不多嘴。

钱三皮是倒驴不倒架，出门让林四海雇长随，吃饭不让张白上桌，喝水得喝山泉。林四海作难：“爷，您看我这都到茶馆给人卖唱了，家里家外这境况你也瞧见了，这排场咱摆不了。”

钱三皮想想倒也是，落魄的凤凰不如鸡，到什么山唱什么歌。可也有穷讲究，比如窝头就咸菜，把窝头切小空，咸菜丝搁里面，要不多不少，正对味儿。

家里一个大爷，家外一群大爷。正在台上演得好好的，妆都没卸，一把被薅去，架上了车。县里开大会，抓典型，林四海得上台受批判。

林四海没料到这么猛，有人举起枪托狠砸他的腰，上衣直接被撕开。好在现场有领导见情势不对，用喇叭喊：要文斗，不要武斗。失控的场面渐渐平复，林四海躲过一劫。

半夜泛起灰蒙蒙的浓雾，林四海带着一身血污疲惫，迈着沉重的脚步，艰难地推开门。

床上，两具白生生的肉体却正在纠缠。林四海气血上涌，支持不住，眼前一黑，倒地。

七

小绒球似的鸡，啾啾唧唧，在树荫间奔来跑去，追逐刨食。张白正在垒鸡圈，瓦刀抹上灰泥，严丝合缝地一层层砌。阳光淡淡的，燕雀越过云层直冲而下，幽静的暮色暗暗蔓延，空气中有些许寒意。林四海倚着门框，眼神平淡，看着天边浮动的云烟，静静不动。

自醒来，一连几日，林四海不言不语，茶馆也不去，饭上桌就吃，入夜就睡，屋子安静得如坟墓，寂然无声。张白沉闷不住，语带哭腔，握着林四海的手："四海，你心里有火就朝我撒吧，有话就说出来，你这整天不说话，我害怕。"林四海瞧着她，仿佛在看陌生人，身体轻得似乎只剩一个躯壳，看得人心慌。

一盏油灯，火苗摇摇晃晃，方桌上炒煳的青菜油烟味重。月亮升起来了，照得大地一片清白。林四海独自吃饭，一口一口，吃得很慢，张白在补衣服，穿针引线，干得十分麻利。

暗夜之中，人声突起，听起来遥远，片刻即到门前。当先一人进门，就是钱三皮，纵使冷月昏灯之下，林四海也瞧得真切。还未及说话，钱三皮用手一指，朗声朝门外喊："就是他。"两个戴着红袖章的人直奔林四海而来，动作狠辣，两手直接反绑，手狠狠地摁住他的头，为防反抗，脚猛踢他膝盖，瞬时跪倒。钱三皮面有得色，递了根烟给干部模样的人，弯腰点上："队长，就是他。"队长缓缓吐了个烟圈，双手一挥，两人就要把他压出。

张白耳中嗡嗡作响，不明何事，但见钱三皮的神色，立即上前拦住："抓人也得说个理由吧，哪能这样说抓就抓。"门外一起来的人对她的说辞感到厌烦，不予置喙，想把她拉旁边，不料用力过猛，哗啦一声，衣袖直接撕开，顺势斜到前襟，胸前露出一片雪白。

大家都未想到如此情形，瞬间寂静，只有粗重的喘息声。

张白随手一巴掌拍到人脸上，抓住他的臂膀狠狠一口，那人吃不住劲，加重臂膀力量，甩开张白。张白没站稳，一屁股坐在地上，发髻散开，上衣经过刚才拖拽，开口更甚，浑似半裸在众人面前。场景尴尬，钱三皮上前想扶起，刚伸出手，猛吃了一记耳光。张白眼睛含泪，目光怨恨凶狠，直直地盯着钱三皮。

安静的林四海突然浑身攒劲，如同发疯的狮子，额头上的青筋暴起，两个人按不住，被甩开。林四海的拳头直冲那人面门，那人心知不好，躲闪开去，一拳正中队长鼻子，血流如注。林四海愣了，趁这空，几个人把他制住。

张白紧跨几步，忽地抱紧那人，那人嚎猪般地大叫，等张白松开，那人惊恐地捂着耳朵，血迹从指缝间渗出，他看着自己的手，双眼圆睁："我的耳朵，我的耳朵。"

钱三皮看情况失控，队长目露凶光，他挡在前面，朝张白飞起一脚，直踢张白小腹，声音暴烈："你疯啦？"

队长愤怒的吼声震荡屋宇："给脸不要脸，你不是要理由吗？按住了，把他裤子给我扒了。"几个人面面相觑不知该动谁，队长有些错愕随即反应过来："男的。"

几个人压上去，林四海面色恐惧，势若奔命，浑身用尽力气挣扎。每个人分将开来，压腿的压腿，按头的按头，你撕我扯，他的膝盖整个被弯曲，苍白的嘴唇颤动。

目光不自觉地集中，嘈杂的屋内寂静无声，大家屏息凝气，看得惊了。队长率先反应过来，语带不屑，义正词严："彻头彻尾封建主义的余孽，新社会哪来这种男不男，女不女的东西。"

张白颓瘫下来，头发蓬乱，衣服凌乱，无神的双眼死灰一般。林四海的身体沉浸在昏荡沉暗中，晃荡的油灯支持不住噗地熄灭，无尽的黑暗淹没了小屋。夜风吹来，寒意阴惨，时间仿若过了很久。

天色微明，眼前的模糊逐渐清晰。林四海不见了，钱三皮不见了，空荡荡的屋子，只有张白自己。

八

夜很静，黑漆漆的。客厅雪亮，照得眼睛明晃晃。老旧的藤椅正对着茶几，洁白的桌布，清净的茶具，茶杯里袅袅的热气正在升腾。黄襄想端起茶杯，手一颤，碎瓷遍地。

一个家庭妇女打扮的人，边拿扫帚边埋怨：“爸，说了多少次不能这么喝茶，你都多大了，跟孩子似的，上次跟楼上黄三皮打架，这么大年纪也不怕别人笑话，你以为你还十八呢？再说人家儿子是局长，是咱能得罪得起的吗？”

黄襄手摆摆：“不就一个茶杯吗？惹你这么多话，没你们我还不过日子了。”说着抱起身边的小女孩：“还是我外孙女好，来，给外公念报纸。”

小孙女被夸得心花怒放，念起报纸一板一眼：“近日X大学男生扮演青衣，扮相俊美，引起众人围观。”黄襄似有所动，拿起老花镜，仔细打量图片，嘴唇哆嗦："那哪是男孩子该碰的玩意儿？"

小孙女有些疑惑："外公，还往下念吗？"

"念。"

一件件新闻，一条比一条无趣，小孙女看见外公缓缓地闭上了眼睛。她乖巧地放低声音，调慢语速。外公的胸前衣服因呼吸起起伏伏，两手自然垂下，似乎已经睡着了。

小孙女朝妈妈伸了伸舌头，跑去关了大灯，开了一盏柔和小灯。她正欲离开，须臾间呆住了。

外公的肩头微微颤动，眼角停留着一颗豆大的泪。

小孙女看着它滑落进沉沉黑暗。

窗外，夜更深了。

光棍世家

我仍记得大风雪的夜。参差屋瓦上的声音沙沙作响，如刀子般的寒气砭入肌骨，远处不时传来枝干断裂的清脆响动，狗冷得无处抓挠，喃喃地叫唤。

被窝里刚聚点热气，轻薄的梦便飘走，耳边响起唰唰的扫雪声。开门，空寂冷落的清晨，红砖绿瓦晶莹透白，河流树木被洒上了一层盐粉似的雪花。

戴大爷攥着扫帚，大步流星，所过之处，留下一片泥腥土色。他的胡子一层雪白，鼻尖匀着热气儿，霍然转身："吵醒你了吧？"

"没有，没有，冻醒的，这天儿能把人冻裂。"我捅开炉灶，放上柴火，温粥。

戴大爷扫雪这是落下的病。撞上动乱年月，他缝鞋底，没缝完，顺手就把针线扎在毛主席像上，一下子炸了锅。大会小会地做检讨，深挖思想根源。大冬天的，干部命令他着单衣扫雪，成块飞扬的雪片，前扫后落，哪里扫得干净。扫雪初衣不蔽体，瑟瑟发抖，扫着扫着倒是热气蒸腾，汗流浃背。就这么熬了十多年，作下了病，一到下雪天，他不摸扫帚，骨头疼得慌。白茫茫的雪地，他脚步快捷，挥舞起扫帚轻松自如，脸泛红光。

戴大爷在那年月被戴了帽子，谁敢跟他啊，一辈子没尝过女人什么滋味。年老体衰，无人照料，村里也有点歉意，于是出了个主意，把同族的四个光棍划给他，组成一个家庭，互相照顾。这主意现在看着不可思议，那日子口，村干部一拍板那就算定下了。队部也派给戴大爷个活儿：收发报纸、倒茶水。活不重，多少有点收入。

划进来的四个光棍都改了名：老大戴文，老二戴武，老三戴双，老四戴全，文武双全。

戴文管家，全家的进出都得他把着，过日子细水长流，所以精打细算。他掌家是属棺材的：只许进，不许出。他早年开过豆腐坊，村西头赁了间屋子，买了头驴，请人写了对联：水豆腐，油豆腐，豆腐脑，天天供应；香干子，臭干子，干子丝，样样俱全。做豆腐睡前得泡豆子，泡得饱胀圆润，色泽发光，仔细瞧瞧，撇下干瘪蔫坏的。半夜即起，驴拉着磨慢慢悠悠地转着，戴文半眯着眼盯着，暗夜中，驴大口大口喘，呼成热气，如一团团轻雾。待到天光微亮，他长身而起，生火，将一锅豆浆煮得滚沸。末一步最见功力：用卤水或石膏点豆腐，点得好，味白可口；点差了，味同嚼蜡，一锅豆腐可能就废了。

一根光可鉴人的扁担，挑起两担豆腐，上面是一层素净的干丝，下层便是水灵灵的豆腐，嘶嘶地冒着热乎气儿。刚起床的村民撞到便招呼他过来。一块白花花的豆腐，撒上几勺褐红喷香的酱油，搅碎拌匀，鲜美可口，是上好的佐粥佳品。俗话说：鱼生火肉生痰，青菜豆腐保平安，家里有老人的，他们口齿不灵便，就等着豆腐干丝做菜。积少成多，又都是邻里街坊，生意不错。做了三四年，关停了，说是得办卫生许可证，照章纳税，太麻烦，便停了摊子。

不干豆腐营生的戴大守着十几亩田，倒也自在，只是一张嘴好弄是非：张家长，李家短，王家媳妇不要脸，没有他不掺和的。尤喜听窗户根儿，小两口吵架，夫妻拌嘴，他黑夜之中，躲在墙角，被发现了就笑嘻嘻走开，被人家泼过几回洗脚水。

至于戴二，不算光棍，娶过媳妇，是个傻子，嘴角整天啦着口水。不管别人如何谈他媳妇的痴傻，他如孔乙己捂着茴香豆一般：哪有，怎么可能是傻子？这傻姑娘在这过了几年日子，风平浪静，却陡然消弭声迹，据说被拐走了。

戴二在村里谋了个放水的差事。每年夏秋，稻田需要蓄水放水以利生长。夜间放水不能满溢田亩，每户的稻田引水缺口得有人填，戴二夜间便得一直醒着看着。一片青绿稻田，萤火虫飞舞其中，青蛙鸣叫密布，河水汩汩流淌。宁静的夜，戴二挥着蒲扇，拍打蚊蝇，行步如风，飘在田间阡陌纵横的小道上。

一年下来，管水的钱不至于致富，却也够花销。戴二这人风流，人长得马虎，嘴却跟抹了蜜似的，别人爱听什么话他递什么话，乖巧得不行，天生的情人料子。按说他这样的人，娶妻不难，但架不住他好吃，爱赌。老大戴文最见不得他这样糟蹋家，每回都掏得他一穷二白。戴二有他的小金库，赌友一召，喜上眉梢，被老大抓了几回，扫兴致极。想出高招，将渔船撑至大河中央，吆五喝六，赌得不亦乐乎，老大瞅见，也只能望河兴叹，嘟嘟囔囔骂着：“有本事，你一辈子别回来。”

老二这样耍，终究出了事儿。他搭上了建中家的媳妇，建中是澡堂搓澡的，夜里忙，他们正好夜夜偷欢。合着胆大，白天苟合，穿好裤子，建中他娘正坐在打谷场上抽烟。他直不楞登地过去，建中他娘暴起，响亮的一巴掌。

老三戴双属老牛的，吃的是草，挤的是奶，老实巴交，勤勤恳恳。一年在家待不了几天，一闲下来，仿佛就是罪过，老大眼睛冒火催着他去打工。他脾气好，不和人争，三棍子打不出一个屁，闷头葫芦，让做啥做啥。

老三是那种给他点机会，就能光芒万丈的人。只要他在家，洒水、扫地、净街，活儿干得亮亮堂堂，利利索索。上桌的白粥青菜，厨房里的汤汤水水，他收拾得漂漂亮亮。浆洗衣服、缝缝补补、烧菜做饭，他回来，都归他，安排得清清爽爽。吃晚饭，戴大舍不得电，点的油灯，昏昏黄黄，人影摇荡，呼噜呼噜喝粥的声音，老三一回来，家里就静寂了。

而立之年的老三痛恨自己是睁眼瞎，向工程队看门的大爷学字，从未上过一天学的人真写出个三分样。戴大爷在村队部方便，废弃的旧报纸带回来引火，他起先在报纸上练，逐渐有些个筋骨。老人教他临《多宝塔碑》，他一个字一个字咂摸笔画。什么事就怕钻进去、入了魔，老三这股劲一直没泄过，火候到了，味道也就出来了，他写出的字笔意纵横，刚劲秀丽，平稳谨严。一见就是下了苦功磨出来的。

老三不像老二胆大，最多瞟一瞟喂奶的妇人，小媳妇被他瞟得臊眉耷眼，背过身去。

老幺戴全不是光棍，是孤儿，讨百家饭长大。他被划进这个家时，还不到十岁，小泥猴一般，头上还长着癞疮。戴大爷每逢晴天，熬一小锅热水，兑点药。阳光下，手指在孩子湿漉漉的头发上游走，药液泛出五颜六色的光芒。换一盆清水，把老四的头发梳理得洁净，光亮。老四头上癞疤渐渐褪去，乌黑的发根根笔直。

老四是猴子投胎，坐不住，小小年纪在地里行间捉蛇。泛着青绿冷光的菜蛇，别人瞧着心惊，他如鼓捣玩具般伸手便捉，随身小刀锋利地一割，蛇胆轻轻松松挤了出来。他轻轻褪去表面那层青皮，露出白花花的蛇肉，架火烤得金黄喷香。

老四天生浪里白条，一条大河半个小时游个来回。他不事生产，也没有手艺，缺钱就去捕点鱼到市集卖。此地两三年会发一次洪水，夏季雨多，孩子贪耍，淹在水里便上不来了。老四这当口就出来了，观察地形，测测河水深浅。别人下水害怕衣服累赘，他下水非得着件薄烂的单衣，一个猛子扎下去，好半天浮上来，手里举着孩子。湿漉漉地上岸，褪下薄衣，拧一把水，转身回家。

老四模样人品都过得去，但哪家闺女敢嫁到这么户光棍窝子里来，五个男人，一个女人，整个一个和尚庙对着尼姑庵——没事也得出事儿。老四年纪小，再怎么也得说上媳妇，那只能买。送姑娘的船下来，选妃似的，看中了就谈价格，领回去。带回的这个姑娘是贵州的，话少，大模样还可以。老四过去挑的时候已经傍晚擦黑了，乌乌泱泱的一群人瞧热闹，老四打量过去，别人都正眉冷目的，只有她低着头。

这个贵州姑娘进了门就是娘娘了，家务农活一样不让她沾，好吃好喝地供着，家具电器都配齐了，众星捧月，她就是那个尖。戴家人出来进去脸上的笑藏都藏不住。

母亲早起喂鸡食，她噗通一跪，眼泪婆娑："大姐救救我吧，我是被拐来的，想回家，想我妈妈，帮帮我，给点路费吧。"

母亲早年做小生意，这路事儿见惯了。这女孩不善，绝对是"放鹰"的。临走了，还想弄笔路费，瞧准了母亲是妇道人家，容易心软。

母亲就这么冷冷地瞧着她，不说话，也不拉她起来，她自己觉出不对劲，起身走了。母亲委婉地向老四提了这事儿，让他注点意。老四笑了笑，没言语。

人还是跑了，赶集，说是去厕所，再没回来。刘奶奶赶集返家时说在车站照过一面，一溜烟，就没影了。

戴大爷八十岁那年走的，没熬过生日，瘫在床上，气喘。戴家这四个一边儿齐，端茶递水，送汤进药，四个人并排。不为别的，生怕戴大爷有个偏向，递个物件，说个话儿，留下的财物就说不清了。

戴大爷房门落锁四把，哥四个聚齐了，拿着钥匙才能进去。没齐，哪怕戴大爷喊得嗓子冒烟，骂得天崩地裂，无人理睬。

老大那话说得分明："你尿急就尿在床上，我们给你收拾。"

戴大爷没熬过半个月，回光返照的时候说："那边冷，给我多铺几床被窝儿。"

戴大爷走了十年，他的坟头荒草弥漫，每年清明坟前空空如也。这一年，老三背时，骑电瓶车出事，腿骨断裂，躺在床上。

老二整天不着家，吃喝嫖赌，忙得不亦乐乎。老大本就看不惯闲人，什么难听的话都往他头上搬。老四给老三倒尿桶，捏着鼻子捂着嘴，尿桶都不放到清水下冲洗，原样放回房间。老三的屋里终日弥漫着浓浓的尿骚味。老三无法忍耐："等我好了，再不交钱了，自己挣钱自己花，还看你们脸色？"

拆石膏那天，老三去镇里买了厚厚的纸钱纸马，在戴大爷坟前，一张接一张无言地烧着，天黑透了才回。他一切如常，在一个下午收拾好包裹，打了声招呼，去广州工地干活，再无音讯。

那年酷暑戴家闹耗子，家具被褥被咬得乱七八糟，遍地狼藉。所有的物件运了出来，重新收拾。不要的、咬坏的通通拢火。

晚风吹来，尘土漫扬，一片混乱。一张纸迎风拍打在戴文脸上，戴文瞧着纸上被咬坏的字迹，有些愣神：“三儿，怕是有两年没寄钱了。”

黑色幽默

夜雾起的时候，浩浩荡荡，顷刻间，漫遍旷野。缓缓行进的车灯笼罩着一层青烟，一片迷迷茫茫。三儿已经困了，揉了揉发红发胀的眼睛，模糊地看着乳白色的雾气。大牛睡熟了，车内有他轻微的呼吸声，万物静寂，仿佛置身于遥远的洪荒。

三儿摸了一下手表，准备叫醒大牛接班。他减慢车速，手刚碰到后座大牛的衣服。一辆跑车风驰电掣，贴着车身而过，砰砰作响。车镜直接撞弯，一男一女对他做着鬼脸，放声大笑，脸上都是讥讽与蔑视。三儿惊出一身冷汗，大牛也被撞击声碰醒："是不是该我换班了？"他揉了揉惺忪的眼睛。

尖叫与呼啸，男女的说笑，死灭的静被一片喧嚣占据，跑车里巨大的音响声震动着空气。

一对鲜红的车灯在雾气中像巨兽穷凶极恶的眼睛，跑车在公路上忽左忽右，时快时慢，似乎在调戏着三儿，把他们当成攥在手心的猎物。

大牛拍了拍三儿的肩膀："别置气，我们还要办事儿，现在出事儿，不好收拾。"

三儿心中的怒火在翻腾，嘴唇发颤，他极力压制自己，如同随时伺机反扑的野兽。

跑车缓缓开蓬，一个黄发女孩猛然转身站起，前倾着腰，竖着中指，扭着臀，得意洋洋。

三儿脸色铁青，双眼喷火，喊了一声："大牛，坐好了。"

车子迅猛加速，大牛被后坐力拽得直向后倒。大牛还没坐稳，三儿已经撞到了跑车后尾。紧踩油门，继续猛烈向前。跑车男的动作很灵便，受到撞击，知道不好，车子快速往左偏移，躲开了第二轮相撞。三儿一击不成，把车开到了前面，大牛以为他会保持加速，一路向前，撇开跑车，刚刚松了一口气，摇开车窗，要吐。三儿将车横在路上，掉头，继续加速，疯了般朝向跑车的方向。大牛只听见风声不停地从耳边呼啸而过。

两辆车面对面，一条公路，直直相对，三儿把车开得如野马一般，对面的跑车始料不及，想往后退，已经来不及。大牛心惊肉跳，快要车毁人亡，电光火石之间，三儿猛打方向盘，擦肩而过。大牛都能清楚瞧见跑车男吓得煞白的脸。

三儿心满意足，将车转头，两车错身而过，三儿对跑车男洋洋得意地竖起中指，这场游戏他胜了。大牛被吓得睡意皆无，有些愠怒："别忘了，我们这趟有活儿，真惹了事儿，对咱俩都没好儿！"

三儿挠了挠脑袋："你是不是有件事儿忘了做？"

大牛这才感到肚内已经翻江倒海，趴着车窗哇哇直吐。

三儿哈哈大笑。

露出地平线的太阳像是被剖开的鸭蛋黄，温柔地照耀着大地。原野上的风起了，渐渐吹走晨雾，视线一点点清晰，天空越来越亮，一些村落显出了身影，大牛终于摆脱了沉闷的夜晚。三儿大大剌剌地睡在后座，呼噜声此起彼伏，明显睡得很香。昨夜的惊险像个遥远的梦，虚幻且不着边际。

车子刚拐进一家村子，突然就不对劲，行驶在路上高低不平，踉踉跄跄。大牛刚要停车查看状况，晨雾中一个瘦弱的身影骤然出现，大牛猛地踩刹车，像是躲闪不及，那人已倒下。

车胎上两个一寸长的钉子，左前胎瘪了。一个老头眼睛不住往他们瞟，夸张的声音，哎呀叫痛，嘴里大喊着汽车撞人了。三儿从后座出来，两人对视一眼，心照不宣，都明白遇上碰瓷了，那几根钉子准是他放的。

三儿的好梦被搅了，瞧着那老头的无赖样更是心里发堵。大牛见到三儿眼中流出的狠意，悄声说：“你看那老头经得住你一拳吗？强龙不压地头蛇，忍着点。”

大牛过来扶老人：“您没事吧？”

三儿点燃一根烟，背靠着车，斜睨着他。

老头儿看鱼饵咬钩了，浑身都抖动起来，拍着地大声哭号：“腿疼啊，腿疼啊，被轧着了！”大牛刚靠近，脖领子就被他薅着，生怕人跑了。

“要不我们带你去医院吧，先检查一下。”大牛说。

三儿狠狠地踩了一下烟头，不耐烦：“别装了，要多少钱直说，别浪费我们时间。”

这句话一下子打中了老头，“你怎么说话呢，开车撞人，还这么横，我把人都叫出来。让大家评评理。”

老头绝对是精于此道，做这路生意绝对不是初次，摸清了过路客急于脱身上路的心理，人一多，短时间肯定走不了，吵吵嚷嚷，越说越多，事情会更难摆平。

大牛不愿让事态扩大：“您别听他的，他这人脾气急，撞了您，给您看病拿钱，那是应当的，这个理儿，自古如此。”

三儿从车内一箱矿泉水中取出一瓶：“说话口渴了吧，老头儿，来一瓶。”

大牛急吼吼地瞪了他一眼：“三儿，你干什么，还嫌不够乱？”

话音未落，一辆黑色面包车匆匆而至。车内跳出五六个人，凶神恶煞，手里清一色的铁棍。一人从前面开门，手一指三儿：“昨晚就是他。”

老头儿被这阵仗吓得面无人色，这回是真瘫了。大牛朝前迈想说些打和的话，一记响亮巴掌朝他脸糊了过来，他的嘴角立时渗出血丝。这群人把铁棍使得呼呼生风，三儿知道躲不过去，对着一个人使绊脚，对手是行家，老于此道，一挑而过。三个人围着他，直接把他撂倒，对着心口猛劲踹。男人抓着三儿的长发在地上拖行。三儿不甘心，一个翻身，抬脚就踢向男子的小腹。男子捂住肚子，三儿灵活的双臂捉住男人双肩，猛地摔下去，直接给他一个大马趴。几个人见这样更是怒火中烧，群起而来，三儿寡不敌众，用手捂着头，被打得如一摊烂泥。

老头儿看样子像被打昏了，身子蜷在地上。大牛被两个男人制着，倒没受多少皮肉之苦。

"你们两个给我按着他。"昨夜那个男子发号施令。

他解开裤裆，正对着三儿的头，尿液哗哗而下，尿骚味溢在空气中。三儿的头和身体拼命挣扎，他本身已被打得没了气力，哪能挣扎开去？这几个男人狰狞地冷笑。

"我们干的就是无本买卖，宰的就是你们这群过路客，弄死一两个就没在乎过。昨晚居然被你玩了，你厉害呀！"

大牛受不住这场景，蓄力冲了几次，又被死死地按住，肚子被凶狠地来了几下，躺在地上打滚。

"我这尿可是童子尿，你可占了大便宜了。"男人揶揄地笑道。

男人见到三儿车内的一箱矿泉水，直接扒开，分发："哥几个都打累了，喝口水休息一下，待会看看他车上还有什么东西，都拿走。"

CD，驾驶本，一堆没用的小玩意儿，只搜到一把雪亮小刀还有点用。

一个大汉打开后备箱，声音有些颤抖："大哥，快来，快来，看这里！"

几个孩子被堵住口，手和脚都被捆着，眼睛没有一丝神采，缩在一起，浑身发抖。

男人也被这情形骇住了，继而觉得脑子忽然不听了使唤，天旋地转。他扶着车，想缓一会儿，身子还是软了下去。这群张牙舞爪的人突然都三三两两地栽倒地上。

三儿爬起来，拍了拍身上泥土，扒下男人的外套，抹了一把头上的尿液。

他捡起那把雪亮小刀给男人脸上来了一下："给你留点记号，有些人惹了，你得付出代价。"

"行了，这些人在这太扎眼。赶快收拾，你去开动他们的车，行的话开他们的车走，他妈的，这趟出门没看黄历。再待着还不知遇到什么事儿。”大牛理智地说。

“这车也被扎了，动不了，这老头儿也不知道在这路上放了多少钉子。”

三儿看了老头一眼，看样子老头还昏迷着。

“我们车没可换的轮胎，这辆车后面有，我给你换上，车里空间也就那么大，你先把这些人拖走。这些人都是地头蛇，被人看见还不知道要有多大乱子。”

“这老头和孩子呢？大哥可说了，等着这群孩子呢，对方钱都付了。”三儿问。

“孩子，老头，我看着。孩子现在有点清醒了，我待会儿再用药灌一下，放到后备箱，神不知鬼不觉。老头醒了，给他点钱，他不会再闹。关键是这群牛鬼蛇神，得赶快解决掉。你先走，打电话让老大派车接我们，地儿也近，用不了多久。”

大牛边说边支起千斤顶，麻利儿地换了轮胎，没费多大工夫。

三儿嘱咐大牛注意些，接他的车待会儿来，就上了公路。

路上不断变幻的景色让三儿放松了一些，可身上的尿骚味还是堵心，他打开车窗想吹走车内这令人作呕的空气。瞟了一眼后面那些人，都在沉沉地睡着。喝了那水，没个五六个小时绝对醒不来，三儿一点都不担心。

他浑身摸烟却怎么也找不到，伸手翻了翻车内，就在这时车轮开始打滑，整个车都吃不住劲儿。三儿的心提到了嗓子眼，轮胎居然滑了出去，他妈的，肯定是大牛换轮胎，螺丝没弄紧。车子猛烈地撞向护栏，直接冲了出去，护栏下是深不可测的湖面。

大牛轻轻地解开孩子的束缚，慢慢地抱在怀里，抚摸着他们惊恐的后背："别怕，别怕，叔叔是来救你们的，你们马上就能回家了。"大牛一个个地解，动作十分轻柔。

老头儿不知什么时候站了起来，从口袋里掏出车钥匙："车就在村口，早给你备好了。"

大牛撇了撇嘴冷笑："三儿就拿那么点钱，人家父母出的赏金是他们的十多倍，我跟他们混？真当我傻啊！"

地上一小摊充满锈迹的铁钉，金色的阳光下，蔫头耷脑，了无生气。

舅爷

梁舅爷不是谁的亲戚，不过大家都这么叫，仿佛他生下来就是所有人的舅爷。婚丧嫁娶，喜庆寿宴，没有舅爷真就玩不转。冷热荤素，大小八盘，舅爷手拿把攥，所调油盐酱醋，均是恰到好处。大菜让你吃得鲜香舒爽，小菜更是别有滋味。落到别的厨师手里，这么多活计，这么多菜，除去烧火的，就靠一人，连个打下手的都没有，就这条件，出来的菜油重汤腻，缺盐少醋，那太正常不过。再加上农村人多催菜，早就摔盆砸碗不干了。

舅爷就有这本事，厨房里烟熏火燎，厨房外人头攒动，他不急不躁，手却一点不慢，还好整以暇，抽两口烟。三个灶，一齐开火，几十个菜哪个先熟哪个后烂，舅爷了然于胸，纹丝不乱。桌上、案板上铺着洁白的桌布，走的时候，一揭，厨房干干净净、清清爽爽，不给主家添一点麻烦。舅爷杀猪宰鸡，小小一把尖刀，横平竖直地划过，不消一会儿，骨肉分离。猪与鸡的骨架丝毫无损，浑身的肉“哗”的一声委地。白森森的骨架，扔到大锅，熬出的汤雪白喷香，出锅前再撒把小青菜，喝上一小碗，美极了。

梁舅爷不是打小学这个的，厨师旧时叫勤行，说白了就是伺候人。舅爷是大户人家，少爷秧子，几百亩好田，靠着租子，吃喝不愁。土改来了，定了个富农。雕梁画栋的阔宅变成了大杂院，一家人蜗居其中一间。本来是要抓他做个典型，舅爷人缘好，几次都躲了过去。

没了钱，少了地，吃喝不会从天上来。细皮嫩肉的，顶着毒日头下地种田，一个少爷胚子哪干过这个，手磨肿，脚起泡。老婆又是个小脚根本帮不了他，两个孩子嗷嗷待哺。生活从天上摔倒地下，一筹莫展。

孩子饿得都没个人形，捉知了烤着吃。邻居大嫂看不过眼，悄悄给他支了个招：给自己丈夫蹭勺。她丈夫是食堂厨师，所谓蹭勺就是给厨师打下手。但是蹭勺只能保证自己吃喝，养不活一家老小。

舅爷有办法，带着一个大海碗，吃饭时，别人盛的满满的，他只来一点点饭，一眨眼就吃完。此时木盆里的饭不多，但还够盛第二碗，他把大海碗塞得紧紧实实，大步流星往家走。就靠着这一个海碗，他在那风云变色的年月，养活了一家四口。看着孩子吃得狼吞虎咽，舅爷心满意足，浑身摸兜，舅奶奶知道他想抽烟了。

晚年痴呆的舅奶奶祥林嫂般地重复那句话：你们舅爷聪明啊，要是第一碗盛得满满的，等他吃完，饭早没了，一家人就得饿死。她脸上的神色得意而幸福。

打下手，照例得穿旧衣服，弄脏了也不心疼。舅爷穿得整整齐齐，利利落落，活呢，却干得又快又好，仿佛天生干这个的。天天身边有这么个精神明亮的人，谁看了都欢喜。歇的时候，大家都逗他讲故事，全本的《三侠五义》，他讲得栩栩如生，热闹火炽。

那年月肚子里没油水，都喜欢听吃的过过干瘾。舅爷出身富贵，是吃过见过的主儿。大家又都是在勤行里混，不是没见过世面，不讲点新奇有趣的拿不住人。他最擅讲的是吃熊掌，熊掌那玩意又大又厚，割下来得先放上一年半载，等水分蒸发。你要是只放水炖，那你等着吧，怎么炖也不烂，得先抹上蜂蜜。要说这熊掌味道还真说不上有多好，相当粘稠，但吃完，必须有小伙计拿着手巾板在旁边伺候着，要立即擦嘴。熊掌蛋白质多，要是晚一会儿啊，保管你那嘴就张不开了。大家听得是又怕又想，怕的是越听越饿，干听吃不到嘴，想的是他继续讲。

所谓：厨子不偷，五谷不收，厨子偷吃是好事，被人认为是家业兴旺的兆头。可也得分时候。领导下来视察，带来两瓶绍兴黄，几斤猪肉，放在食堂。吃饭时，觥筹交错，喝了几十年酒的人，酒掺没掺水，那还不是心明眼亮。厨子收拾收拾滚蛋，但菜总得有人做，谁都不敢接。舅爷就被推了出来，大伙儿的话是：他说吃的说得那么好，手底下也差不了。舅爷就这样赶鸭子上架，他没别的诀窍，看了一晚上菜谱。有些人天生是祖师爷赏饭吃，适合干这一行。舅爷下厨做出来的菜，大家伙儿都挑大拇哥儿。只是邻居大嫂的脸色不好看，自己家男人的工作被顶了，心情能好吗？出来进去嘴里老嚷嚷着白眼狼。

舅爷是才子命，厨子身。月光西斜，家人睡熟，他总要铺开纸写两笔。舅爷的字是赵孟頫的底子，姿态俊朗，飘逸潇洒，神韵动人。县里的两大造反派争着拉拢他，让他写大字报、刷标语。不为别的，舅爷的字有气魄，压得住别人。他哪个也没答应，逍逍遥遥，安安稳稳做他的厨子，伺候好领导的嘴，他的饭碗就丢不了，这道理舅爷懂。

家里的书能烧的都烧了，免得惹事，留了一本《论语》舍不得，藏在枕巾里。孩子当时十三四岁，哪懂其中的利害，无意中口风就透给了邻家大嫂，一下子就坏了菜。

那本《论语》当场就被烧成了灰，几个人强迫舅爷吃下去。舅爷躬着身子刚抓了一把书灰，狠狠一巴掌就把他打翻在地，鼻血横流，半人半鬼，似人似妖，脖子上是根细细的铁丝，坠着沉沉的木牌。舅爷体力不支，跪了下去，继而躺了下来，又是一顿拳打脚踢。

回来时，已是半夜。木板朝地上一跌，院子里叫了一声，一群人就走了，床板上是已半昏迷的舅爷。舅奶奶看着他背脊腰腹血红的伤痕，拿着跌打油，轻轻地上药，生怕药用得重，刺痛了他。凌晨，舅爷迷迷糊糊地醒来，一片沉沉的黑暗。孩子在床尾抱着自己的脚，在慢慢地给自己剪脚趾甲。没有一丝光，孩子小心翼翼地摸索，一点点地剪。孩子感受到了背上的目光，转身低沉地叫了声："爸。"父子两人的眼泪都滚了下来。

熬过了那些岁月，吃上了口安生饭，两个儿子也相继成家立业。五十岁的舅爷却要离婚，钱钟书讲：老年人的恋爱那是老房子着火没救了。女方是个菜贩子，有过男人，死了，四十多，但没生养过，模样长得匀净。舅爷去那进菜，和几个老哥们神侃自己的富家子弟岁月，那女人陡然来了一句：君子远庖厨，干的是杀鸡宰羊的事儿，就别提以前的阿弥陀佛。舅爷嘴上沉默了，心里却亮了：这个女人不简单。买菜卖菜，一来二去，也就好上了。

子女不同意："爸，你这么大岁数了，别整这花花事儿，我孩子刚生下来，两个人都忙，还指着你们老两口帮衬着呢。"

"我忙了一辈子，把你们养大了，现在又来了个屎尿不知的，还指望我，我这把老骨头你们是熬干血还得榨油啊！"

儿女的劝不听。舅奶奶是个没主心骨的人，一辈子听他的，现在出了这事儿，索性自己住儿女家。大儿子出了个主意，把舅爷的抽屉撬了，钱，存折都拿了。

"那女人八成奔着咱爸的钱来的，爸的钱没了，那女人也就知难而退了。”

舅爷叹气：“我这辈子属鱼鹰的命，攒了半辈子的钱都被他们叼走了。”

“没事儿，又不是都躺倒动不了了，都有手艺，还有把子力气，过日子图个平安舒心。”女人笑眯眯地说。

一起的老伙计都不明白舅爷为什么这么折腾？看着他都不怀好意地笑：“行啊，老了，老了，老牛吃嫩草，真给我们挣脸！”

舅爷把烟头一掐：“我是活了半辈子才活开了，就是想找个说话的人，心里憋得慌。人啊，找个懂你的人，多难得啊！”

老伙计们面面相觑，都愣了。

舅爷走的那天，早上喝了两大碗小米粥。到了菜场，捂着心口就躺了下去。抬回来的时候，还有意识，手指虚弱地指了指神龛。女人把神龛拿了下来，底下是两块老旧的银元。

女人转身，舅爷含笑而逝。

来悼念的老哥们说：“死的时候没遭罪，挺好。”

老大的诱惑

风很大，像汹涌的潮水在滚动。巨大的凉意从门缝里挤进来，发出丝丝拉拉的响声，来回在耳朵边拉锯，如同垂死之人急促的呼吸。陈志和被声音搅得心烦意乱，整个人浮在怅然之上，悲哀之下。

棉被捂住头，心慌乱地跳。

“0706号，头伸出被子。”拉开棉被，他的身体敏锐地感到管教移开的目光。在监狱里犯人不能捂着睡觉，防止他们自杀。陈志和瞥了瞥右上床的李光头，有些疑心把他吵醒，清冷的月光洒在洁白的棉被上，看不出有动的痕迹。

胃火烧火燎地难受，仿佛一双爪子在恶狠狠抓挠他的胃，手开始痉挛，他像虾子一般蜷缩着身体，整个人陷入一种虚脱的慌张。干瘪的肚子一天没有任何进项，李光头死死地盯着他，这就是所谓的“杀威”，进来了，谁都得挨。

凌晨的梦里他变成了一头狼，张皇四顾，眼前一片空空荡荡，就要倒下，突然咬住了什么，甜软干脆。睁开眼睛，一块巧克力停留在嘴边，青皮作了个噤声的姿势，又指了指李光头的床。青皮把巧克力留下，蹑手蹑脚地上了床。

陈志和和青皮有了默契，在监狱暗淡无光的日子，有个通心通气的朋友，活着就没那么憋屈、惶恐。青皮比他早来了几个月，教了陈志和不少“规矩”：和管教干部说话一定要站起来，腰板挺直。有事情说，要喊报告。什么时候该说什么话，要学会观察每个管教的表情，摸清性格喜好，改变自己的说话和行为方式，不能横冲直撞到枪口上。这些门道对于只有小学文化的陈志和来说无异于上课，心中有些软软乎乎的东西在生长。

下午食堂来了几大车食材，管教点名让王老头和陈志和去。这可是犯人争相羡慕的美差，卸完了车，按例食堂师傅会捧出一碗热热乎乎的猪肉炖粉条。最诱惑的是洗澡。洗澡的先后重要极了，先洗的水热，不担心停水；稍晚的水不仅凉且时断时续，跟尿不尽似的。

王老头和陈志和早早地过去，没见到满满的两大车，只有小半车，活做得很轻松。两大碗猪肉炖粉条，量很足；粉嫩油光的五花肉，大块；又软又糯的粉条，够辣。陈志和猛吸了两口汤，舌头烫得伸伸缩缩。食堂师傅笑盈盈：“别着急，慢慢吃，不够锅里还有。来，给你们倒点醋，蘸着肉吃，试试，滋味很不一样！”抹了抹油乎乎的嘴，温暖的胃满胀着暖意，游遍全身，浸润了四肢百骸。时间还早，两人从从容容地准备洗漱衣物，浑身洋溢着慵懒快乐的欣喜。

热水喷地一下似乎从天而降，巨大的热气蒸腾着身体的每一个细胞，嘴里嗬嗬地叫着，烫得身体红通通。陈志和仔仔细细地搓着身体的每一块部位，自从入监以来，他没洗过这么痛快的澡。浑身的每一个毛孔都舒展开，一阵清爽，仿佛初生的婴儿，巨大的幸福感笼罩住了他。

王老头看着兴奋的陈志和，摩挲着腿，往身上打肥皂：“小陈，你好像和青皮走得比较近啊？”

陈志和再也不是刚入监那会儿啥事不懂的毛头小子，监狱里不准拉帮结派，他身体绷紧，谨慎地回答：“没有吧，他跟我年纪相仿，偶尔说那么几句话，也没啥可说的。”

王老头自然地拍一下陈志和的肩膀：“来，我给你搓背。”单薄的手掌骨头分明，在肌肤上游走，咯得陈志明骨头疼。渐渐地，不再那么生得慌，搓得又痒痒又舒服，轻轻柔柔，似有若无，舒服透了。

陈志和有些不好意思，回身帮他。王老头的身体皮包骨头，松松垮垮，摸起来滑不溜秋，陈志和使劲搓着，用上了力气，刚才的话掠过心头，左右想想，没沉住：“老王，青皮身上有事？”

王老头笑了笑，眼睛闪过一丝光：“我知道你在想什么，我没别的意思，我只是提醒你，别跟他走得太近，青皮这个人心深，靠近谁都有所图，你别着了他的道。我比你多进来几年，只是给你提个醒。”

陈志和面色灰了，脑子里翻江倒海，也不好接着这话头：“我身上啥都没有，他能套着我什么。我洗完了，出去等你啊！”

空气冷得紧，杨树的叶子都落下了，光秃秃的直指蓝天。陈志和拎着衣物在想：青皮会是那样的人吗？他眼前浮现出那晚温软的巧克力，阳光微微颤抖，嘴里似乎渗出了甜丝丝的味道，心里异样的温暖。

冬天洗衣服，手刺骨的冰凉，十指红肿，一搓一揉，裂开的肌肤钻心地疼。

青皮端了盆挨近他，不由分说地拿起两件给他洗了起来。陈志和也没拒绝，你来我往地和青皮淡淡地说着话。青皮的言语嗡嗡转，像是夏天的苍蝇，绕了一圈总在原点，细细地打探着陈志和的过去。陈志和多了个心眼，浮光掠影地撇开去。

“给你点甜头，背后说不一定是锅滚烫的水。”王老头看着青皮的背影对陈志和说。

外面飘起斜斜的雨丝，天空的暗沉隐隐游动。一只强有力的手撬开了王老头的嘴，双臂被反向压着，身体半向前倾，一只肥胖的手拍着他的脸。“王老头，我的东西怎么在你枕头底下，我跟你前后脚进的号子，规矩你不会忘了吧？”

王老头被死死压着，只能呻吟，说不出一句完整的话。

青皮的脸上带着得意的笑，顺势翻了个身：“多管闲事，褶子了吧？”

陈志和被这话淋了一身的寒意，明显诬陷是青皮干的，而起因则是王老头对他的提醒。青皮确有所图！

陈志和又做噩梦了。梦里的女人，双眼惊恐，凌乱的裙摆，脖子上的勒痕清晰可见。她在自己的目光下枯萎，坠落。满身的血红淹没了他，他的脖子被扼住，怎样挣扎都无法呼吸，胸中憋闷得要炸开。陈志和的气力消失了，软绵绵的，清醒的意识放大了他的痛楚。惊醒，床上急促的呼吸，额头上圆滚滚的汗。

王老头开始翻《圣经》，嘴巴翕翕微动，手指停留在洁白的书页，神情安静祥和。

“老王，你翻这个有用吗？”陈志和问。

“心情平和一些，做的都是亏欠事，心里有个安慰。人啊，血气足的时候不会想错事，到了这里面，该冒出来的就冒出来了，跟野草一样，压得人烦，信信它，至少觉得自己还有救！”

“能放下？”

“不一定，看人。”

心里的石头越压越重，王老头的话在他的心里噗噗作响，烧得胸中难受。他越来越不敢闭眼，每夜都只有很短的睡眠。惶恐不安的心情如同炙热的岩浆，喷薄欲出，他想喊叫，他想说话。

“信了主，主会原谅我吗？”陈志和不安地问。

“只要你诚心忏悔，主会原谅每一个有罪的人。”王老头眼睛里有沉静的光。

青皮狡黠的形象突然拂过他的脑海。不、不能说。说出来，就完了。

他讲了一点小偷小摸的事。

几天下来，他小心翼翼观察管教的反应，胸中惴惴，但一切如常，风平浪静。

心像秤砣一样坠，人一旦有所希望，有所依赖，那些真正埋藏的话便会一天天膨胀。

他能听见自己说的话，他感到自己确实在梦里，他又一次惊醒，夜风飒飒地响。王老头居然在他的床头，轻飘飘地又爬了上去。

出操。呼呼的北风。

李光头笑眯眯地对王老头说：“老大，这回差不多能立功出去了吧？”

“哪那么容易，管教说了，即使立功成了，还得有好几年。”

王老头的皱纹舒展得像一张绽开的渔网，寒光凛凛。

老王

5月10号，微雨，老王走了。

4月的一个午夜，他给我发短信：生病之后，欲念全消。默念平生，外人心无亏欠，惟对父母妻儿心有所愧。身为丈夫，不能荫蔽妻子；忝为父亲，无力赡养子女。人生得失，一目了然。

手机屏幕的光在夜里亮起又熄灭，面对这寥寥数语，我终究没回出一字。

初见老王，也是阴雨。我躲在老乡家里烤火，灶膛里的木头噼里啪啦地响，火苗热烘烘地向外冒。我们贪婪地嗅着这温暖的气息，咒骂该死的天气，脱下鞋子，脚水淋淋。突然一人把门猛力推开，哗哗的雨声和冷风一下子灌进来。湿漉漉的寒气涌进，身上打起冷颤，我们心里都有点埋怨这“不速之客”。他却一点不认生，夺过我们手里的热茶，干毛巾呼噜噜地抹脸，直不楞登地站在灶膛最温暖的地方。仔细打量，他身材肥胖，一张大脸上明晃晃的肉，腰如水桶一般，活脱脱的一个“杀猪匠”。

老乡出声：“王老师，茶不够再添，我这热茶管够。”

老师，居然是个老师。

这地方雨来得快，去得也快。四周的白雾漫起，起起伏伏，潮气紧贴着躯体，呼吸都是缓慢的。

很快和同事聚齐，校长带我们听公开课。老师的每一个步骤优美得无懈可击，提问、回答都像是千百遍训练出来的，孩子们已经机械得没有任何表情，一场生动的表演，完美得有些虚假。

挨到下课，大家都松了一口气。

我又见到了老王。两三个孩子一齐趴在他的身上，一个孩子使劲地嗅着他的头发，另一个正忙着解开他的鞋带，强行拿走他的鞋子。远处的女生摘了几朵小野花，急急地赶来：“老师，你闻闻，香吧？”孩子们的脸上洋溢着肆无忌惮的笑意，老王腆着个肚子活像个弥勒佛。

我笑着对校长说：“你们这个王老师还挺可爱。”

校长面无表情，有些冷冷的："他不是老师，就是个代课的。"

酒宴上，觥筹交错，老王不知道从哪借来了一套不合身的西服，巨大的身体把西服撑得前凸后翘。校长不断举杯，领导也起来回敬："谢谢各位校长主任的款待。"老王可能没听清楚也站了起来。

"老王，这是敬你的吗？你该站起来吗？"

老王涨红了脸，晃晃悠悠地坐了下去。

老王没了工作。

一个不合时宜的动作只是导火线，代课老师在乡下也是个肥差，多少双眼睛贼着呢！

再见老王，他已经成了一个走街串巷的锔碗匠。

锔碗这门手艺现在已经鲜见了，只有在乡下才能偶尔见到。旧时家里铁锅破了，有专门补锅的，碗碎了，也有专门锔碗的。鲁迅先生在《风波》里写："十八个铜钉的饭碗。"那就是锔碗匠的手艺。

我见过老王锔过一次碗。用细绳将碎碗完完整整地稳定住，继之是钻钉眼。我看不清楚那工具，像拉弦一样。钻孔用的是金刚钻，俗话说：没有金刚钻，别揽瓷器活，这话指的就是锔碗。用锯钉通过钉眼将碗连接起来，用锤子细细敲紧，这就算齐活。锔过的碗一般不会再碎，即使再碎也是碎别的地方，锔过的地方结实异常。

这地方的风俗，男女定情婚嫁，要送碗。不小心碎了，或者碗有着丰厚的含义，一般就请锔碗匠过来。

有这门手艺虽说不至于饿死，但要养活一家老小肯定困难。

偶尔会向我开口借钱，三百、五百，数目不大。每回我必定说："不要急着还。"但下次见面，如钱款还未还，他先低头，后搓手，然后才小声地打招呼。

一次，参加亲戚婚礼，无意中看见他也在席间。

"你是男方亲戚，还是女方亲戚啊？"我笑着问。

他有点不好意思，良久才说："我是过来吹喇叭的，补贴一点家用。"

"哦，学校没请你回去？"

"我那个位置被校长的小姨子顶了。"

喝完酒，拉着我去他家。到了吓了一跳，几十双晶莹透亮的眼睛盯着我们。老王一到说："先自习，老师有点事。"

他拉着我到卧室，惨淡地笑笑："校长的那个小姨子才初中毕业什么都不懂，上课就是‘放羊’，这些孩子还小，不能把他们毁了。放了学到我这里免费补习。你先坐坐，我给他们布置作业。”

洁净的床铺上摆着两本《古文观止》，页面都被翻黑了。一张书签掉了下来，我俯身拾起。上面写着：人生受苦识字始。

那天我等到很晚，孩子们散去，他面有倦容。嫂子端来一盘花生米，我们俩小酌。

他醉了，骂校长，骂老师，最后骂自己。

一个男人的痛苦，隐秘、委屈，在酒精里释放、发散，最后又回归。

“你知道为什么我只接散活吗？”

“嗯？”

“我是真舍不得这群孩子。昨天有个孩子跟我说：‘老师，你回学校吧，我们都想你，没你下课都没意思。’我眼泪差点下来。”

“你能坚持下来吗？”

“天知道，我所谓的高尚更像是放狗屁。”

那次之后，再无交集。

得知他生病时，他已病重。

几次手机短信的问候，浅尝辄止。

准备探望时，他已离开。

丧葬这天，也是阴雨。

一个个粉雕玉琢的小人穿上了沉重的缟素。

“老师哪里去了？”

“他死了。”

“不会再回来了吗？”

“不知道，也许妈妈知道，去问妈妈。”

晚上九点，灵堂响起的高跟鞋声尖锐刺耳。

“嫂子，我们知道晚了，这才来送送王老师，王老师是个好人啊。”

旁边的人小声说：“这就是校长的小姨子。”

“有什么事，你直说。”嫂子面无表情。

“那我就不客气了，我也是个直爽人，王老师的备课笔记能不能给我，我不白要，给钱，两百行不行？”

沉默，尴尬的沉默。

“五百。”

人间烟火

清晨的阳光

老廖五点钟出摊，摊货车在晨雾中恍恍荡荡。起火，切条，抻长，油锅滋啦啦地响。粉白的条面炸至酥脆金黄，捞起，晾干。

油乎乎的白炽灯，死一般的寂静，老廖的烟头在雾气腾腾中忽明忽灭，整个世界微眯着。

从网吧出来的学生，早到。豆浆，油条，白粥，切丝的萝卜干，蒸腾的热气拢成一团。

“老头儿，油条要现炸的，现炸的口感好，别拿之前炸好的端上来。”

“师傅，钱放桌上了啊！”

晨曦的微光散开浓雾，车辆隐隐约约地出现与消失。

“这是昨天欠您的钱，今天还是老三样。”

“师傅，借您碗使使，喝完了给您还回来，两根油条，一碗豆浆，我带走。”

一辆自行车刚停下来就被轿车撞翻了。

“你没长眼是吧？把自行车停在马路中间。”西装男从车里出来骂骂咧咧。

“你有病吧，撞了我的车还这么说话。”

从车里又下来两个男的，西装男气粗声大：“你把刚才的话再说一遍？说我什么来着？”

“大早上的相互让让不就过了吗？没必要较真，别吵别吵了。”围观人里有人出来劝架。

见对方人多，自行车男有点底气不足：“我没说啥啊，我说你别这么说话。”

“我说话还要你教。”啪的一巴掌打在他脸上，“让你嘴欠。”

自行车男寡不敌众，左右瞅瞅，直接冲着热腾腾的油锅过来。手刚碰到油锅边，众人呆住了。老廖反扣住他手腕的脉门，他一点力气都使不出，涨红的脸，汗珠流了下来，一条腿不由自主地弯曲，顺势就要跪下。“打架归打架，这东西不能碰，这东西碰了你这辈子就完了。”老廖随手一放，他就瘫坐在地上。

西装男看得有点呆，也不好下台，“老头你这是练过啊，没事，你让他泼，我倒看他有没有这个胆子。”

“杀人不过头点地，差不多就得了，火气别那么大。”老廖边说边端着碗豆浆朝西装男走去，西装男以为他要拿豆浆泼他，紧走上前，想打下他手上的豆浆。老廖迎上去，微一错身，膀子迎上去一撞，西装男直接仰面倒下。老廖把豆浆碗端到剩下那两男的面前，豆浆纹丝不露：“今天这事可以了结了吧。”

西装男站起，一句话没说，开车走人。骑自行车的链子都掉了，也不好当众修，推着自行车往北走。

“老廖，你有这手，炸油条，浪费啊。”

“那做什么才叫不浪费啊？鱼有鱼道，虾有虾路，一个人一个活法。”

九点，老廖收摊，叹了口气。

“我吃你的油条，又没短你钱，你叹啥气啊？”

“叹气不是为你，喝豆浆说送碗的那人没来。”

一个人，一个家族

强子哭了，在电话里。

我陪他去车站，黯淡暮色里，他父亲佝偻着背，拖着长长的身影，慢步而来。上身军挎绿，裤子是旧的，沾满了新鲜的泥点，携着苍白的蛇皮袋，鼓鼓囊囊，拖在水泥地上，铛铛作响。

长长的条凳，双方沉默，父亲抽烟，强子也在抽烟。面上来，强子端起父亲那碗，泼上辣子，搅匀，入味：“爸，吃吧。”父亲掐灭烟头，大口吞食，额头上明晃晃的汗珠。食毕，推开碗，浑身摸打火机。我给他点上，烟雾缭绕里，他父亲开口：“钱你还是出了吧，我这脸上实在挂不住。”

强子大伯因意外截肢，据说进了医院第一句话就是：“给强子打电话，他工资高，有钱。”电话直接打到他单位，开口就是两万，强子怯生生的："怕是用不了这么多吧？"电话那头很慷慨："截肢要一万，还有住院费营养费呢，还能总分开要啊，一次到位，多好，也就你几个月的工资。"强子挂了电话，一天没吃饭。

他们老家我去过，山美，河清，树木连绵，游鱼细细可见。

摆得阵仗很大，席面一直绵延到门外，强子被他爸拉着一个个敬酒。亲戚的醉话千言万语，均是两层意思：一是劝勉他好好念书，二是有出息了，希望他多多帮忙。

他的脸烧得通红，夜晚我问："你每次回家都这么大排场？"

"一年一次，推不过，这次不是你来了吗？他们也想做给外人看。"

强子的学杂生活费是亲戚每家每户凑出来的，回学校前，他得挨家挨户拜访。晨曦即去，夜色浓黑才归家，脚步沉沉。

临行前拜庙，庙在山顶，红砖碧瓦，清白的粉墙，爬山虎绿油油的。正中的神像灰扑扑，气度却潇洒肃穆。强子爸跪下，祷告神灵，嘴里念念有声："要学习好，身体好，将来的工作好，来年多给您添香油钱。"

回来时已炊烟袅袅，一个大婶拉着强子：“给娃看看题？”进门，迎面是厨房，左侧是屋子。孩子坐在凳子上，低低地做题。大婶教育孩子：“你要好好学，听到没，将来跟强子哥一样，去大城市念大学，这才有出息。”脸上笑眯眯的。

强子走的时候，一群人来送，几个大娘手里还抱着孩子。三轮车颠颠簸簸，灰尘扑扑，他们就那么站着，看着，直至消失不见。

强子毕业后，每月往家寄一千。即使如此，也不够。亲戚盖房子找他，婚丧嫁娶给他打电话，孩子寻工作直接拨他手机。现在的他，一听到电话里的乡音，心颤。

他堂妹出事进派出所，父母电话半夜追过来。他请假，千里奔波，去了派出所，交了罚金了事，回来整个人都蔫了。

去年，他昆明出差半个月，表弟来找工作，正好借住。等他回家，满屋狼藉，方便面袋到处都是，一片污迹，被单上鲜明的泥印，地板上几个污秽的避孕套。抽屉被撬了，存折，信用卡，现金都没了，光秃秃的家。

那天，正巧他生日，又逢出差刚回，我们几个朋友买了蛋糕，拎了上楼。门没锁，推开，他正跪在地上拧抹布，一寸一寸绞干，将地板擦拭干净。

我们见状，操起扫帚，墩布，帮着打扫。他一言不吭许久，厨房里，猛地将抹布掷进池子，水珠四溅，水龙头哗啦啦地响。

他坐在凳子上，低着头，背一伏一伏地："我累了。"

他说他累了。

这事自然传回老家。

舅舅来电话："娃这事做得是不对，我说他了，他没钱可以跟你要嘛，哪能撬抽屉？你放心，钱一定让他还你。"

事情迄今，已经一年，强子既未收到钱款，又未收到他表弟的任何道歉。

年前，表弟给他打了个电话，一声问候未有，开口居然是借钱。

五一，强子女友组了个饭局，大家一起涮火锅。

吃饭间隙我问："你大伯截肢的钱，给了？"

他顿了一下："给了，问同事朋友借了点，凑给了我爸，不然他天天和我同吃同睡，每天朝我单位跑，我实在吃不消。"

出来，微雨，等车。

天上的乌云一层一层汹涌，世界陷进了潮湿的烟雾。

强子脱下外套披在女友头上，两人相视而笑。

那天夜里，强子在QQ空间发表了篇日志。

文章行云流水，一泻而下。

末段只有寥寥一语：我没有家庭，我的背上是整个家族。

洗澡回来，文章已点不进去。

空间显示此文仅作者自己可见。

合上电脑，我有些黯然。

风　波

陈奶奶家的猫雪白干净，伸出细软粉红的舌头，一点点地舔着牛奶，不时抬头用那柔情似水的眼神打量四周，柔软的绒毛在夕阳的暮色下像缱绻的人心。狗大爷怏怏的，讪皮讪脸，杵着尾巴，嫉妒地盯着，虎视眈眈。

叮铃铃，叮铃铃，自行车响，狗大爷迅疾地窜进屋子，不一会儿，又探头探脑，怯怯地向外张望。

突然一声如炸雷般的响动冒出，恶声恶气，猫吓得溜进屋里瑟瑟发抖：“你干什么，谁让你动的，你他妈要死了啊，谁他妈允许你动的？”

楼上阳台的男子光着上身，手对着青年指指戳戳。搬车的青年被声音吓得不明所以，声音很低：“我没干嘛啊，搬一下车，电瓶车好充电。”

男子的火更大了：“谁他妈让你搬的，搬坏了你负责啊？搬坏了就是几百块，是不是你给？”

男子的粗嗓大气，引来了一众邻居，像是无声的沙堆迅速累积。看看青年，瞧瞧楼上，几层楼阳台上都探出脑袋。安静的傍晚冒出了好多风风火火的人，动作像极了要进圈的鸭子。

青年见男子蛮不讲理：“我就是挪一下，能把你车怎么着？”

火窜得更大了，嗓音直冲而下：“你还犟，是吧，是吧，让你犟，你在那等着，等着我。”声音中的凶狠显而易见。

青年闻听此言，知道撞上硬茬，不再吱声，默默地挪自己的电瓶车。

男子未下来，骂声不绝，越说越凶，青年既不吱声，也不申辩。

一个眉粗眼大的妇女出来调和，像是男子的母亲："人家不也没说话吗？行了，行了，不说了，下回都注意点。"

青年拔了钥匙上楼，男子像踩了尾巴一般，火终于爆了，离开阳台，在楼梯与青年寻衅。

李爷爷把扫帚一搁："没这么欺负外地人的，人家都不说话了，上赶着欺负，街里街坊这么多年了，真是看不过眼了。"

好多人点头搭腔："差不多就行了，哪有这么办事的。"

二楼的姑娘，老鼠似的蹑手蹑脚，喜形于色，看似无意荡到四楼的楼梯间，脸上都是兴奋劲儿。

男子像一头狮子抓着青年的脖领子吼，青年神情既尴尬又愤怒，不知该翻脸还是平静处理。

这时才瞧清男子的母亲是瘸腿，跛着，拦在二人面前，避免正面冲突。

男子一把推开母亲，二人扭打起来，男子气粗声恶，力气倒不大，青年静静不语，手上功夫倒不弱。一时间谁也不能把谁摔倒，男子瞅了个空儿，拳头照着青年的脸挥去，青年一闪，向后退，格格地响。两个人如同发情期争夺配偶的野兽，衣袖都撕掉了，男子眼疾手快，抓住青年的领带，一个侧身将他掀倒在地，死死地拖着领带，简直要把人勒死。他母亲害怕了：“松开，我说松开，听到没有，松开！”青年如斗败的公鸡，两眼都是鄙夷和愤怒，用钥匙开了门，猛地合上，剧烈的声响，空气都在抖动，如同发泄和示威。

楼下炸了锅，纷纷数落这家的不是。妇女一瘸一拐地走到楼下，手虚指着天骂街：“我们家的电瓶车都坏了多少回了，一修就大几百，一修就大几百，放在下面的车不断被人动，今天轮胎坏了，明天车龙头被人糊上了胶。我吭过声吗？实在是欺人太甚，陈奶奶也知道昨天我带人来修车，一来就是五百，我们家好欺负是吧？”

陈奶奶有点打趣地笑：“算了，算了，这楼里哪有这人啊，街坊邻居这么多年，谁没事给你上眼药，好了，好了，别吵了，多没意思。”

妇女的嗓音更高了：“哼，没人？反正跑不出这栋楼去，别被我逮到，逮到眼珠子抠出来喂狗，也不看看人！”

众人皆来劝，妇女说得意犹未尽，被哄上了楼，嘴里还是骂骂咧咧的。

人群兀自散了，阳台上的脑袋不情愿地缩了回去。

小孙女焦急地喊："猫呢，猫呢，爷爷，猫不见了。"

爷爷蹲身，哎呦一下，孙女骑到爷爷背上："我们去找喵喵，找喵喵去喽！"

狗大爷洋洋得意地出来，原地嗅了一圈，甜蜜地吮着牛奶，尾巴一翘一翘的。

那天夜里风大，楼顶一盆花吹了下去，咣地一声，我的心怦怦乱跳。

谭师傅

谭师傅出去了两个月，回来就迷上养生了，说是遇上神仙，得到了真传。

大冬天的穿件宽大道袍，满院子风摆杨柳，冻得哆哆嗦嗦。

"老谭，你作啥妖呢，大冬天跟自己过不去，穿这么少，你真要成仙啊？"

老谭白了一眼："你们这就不懂了，我这叫散气，人每天吃五谷杂粮，身体有浊气，浊气下降，身体就虚。为啥生病啊？浊气排不出去。仙人说了要走八卦步，符合阴阳五行，运行体内小周天，延年益寿，你们看着冷，我身体暖着呢！”

“那你抖啥啊？”

“我这才刚开始练，功夫还没上来呢，你瞧着吧！”

老谭练了两天就顺利地住院了，再出来时，成功地吓着了院子里的狗。狗逮着他就一口，咬过了可能觉得味道正宗，认出了是自家主人，立刻蹲下来不停地摇尾巴，眼睛里都是柔情蜜意，好像刚才的事不是它干的。

这事也不怪狗，老谭的造型太时尚，五十多岁的人，梳了两条羊角辫。孩子梳个辫子，头发浓密，乌黑光亮，可爱动人。老谭的头就是个地中海，中央是光秃秃的戈壁，寸草不生，属于贫困地带。四周稍微富裕一点，可毛发又白又干，看着可怜。

老谭也知道这发型太丢人，也不往外走，老伴看见当没看见，懒得理他。

“电视为啥要有个天线，那是为了接收信号，我梳辫子为了啥，和天线的作用一样，仰吸天地之精华，俯收日月之灵气。你不觉得我这几天精神好多了吗？”老伴把门一摔：“我是跟你过不下去了，你想跟谁过跟谁过，你一个人慢慢耍。”老伴住到女儿家去了。

这下是真的放羊了。老谭隔三岔五就和仙人电话联系，开始学辟谷。别人辟谷是为了养心养身，老谭对辟谷理解简单——绝食。老谭这人无肉不欢，这次下定决心，万里长征肯定要走完。如此雄浑的气魄、坚定的决心，第一天就投降了。两顿没吃，百爪挠心，看了看冰箱里的火锅底料，自己开开心心地涮了顿火锅。

看来辟谷没戏，仙人又教了第二招：打坐。这个简单，闭目静心，清空冥想，老谭坐着不一会儿就睡着了。睡着睡着又进医院了，老谭盘坐，长期血液不通，腿差点废了。

这下玩大了，老谭也不在乎，自己坐出来的病，就能自己坐回去。自己看中医书，琢磨出个法儿：放血。不让家人知道，自己偷偷扎。老伴发现时，气哭了。

“没事，我是看医书学来的，书上能说错？扎扎还真有用啊，真有反应。”

仙人又来电话了，说老谭交的钱只够第一期的教程，要学下一期的话，得继续交钱。老谭看看家里这情况，知道现在自己一分钱都动不了，问买道袍的两千块能不能退。

“这是天物，只能用，不能退。”

仙人听出老谭犹豫：“你之前都花了第一期的钱了，如果不继续学，那就功亏一篑了，之前花的钱不就白花了？”

老谭不说话。

仙人没再来电话。

老谭在儿子家休养了半年多，每天就是电视、阳台、天花板。

道袍挂在房间里，皱皱的，像块抹布。

小孙子摇摇晃晃地盯着道袍，伸出小手去摸。

嗞啦

道袍碎了。

排 队

长长的人群队伍都排成了L 形，往前望去，只能看见巨大的红色横幅，满坑满谷的人在缓慢地移动。

老陈拍了拍前面抱着孙女的奶奶：“这干什么呢，这么多人？”

“前面发东西，免费，要就排队。”

老陈自觉地站在队末。

“多大了？”老陈看着奶奶怀里粉雕玉琢的小人儿。

“十八个月了，儿媳妇忙，儿子又老出差，只能我带了。”

老陈跟上腔：“都说养儿防老，防什么老，都是老的伺候小的，养老送终，都只见送终，没见养老。”

老太太来了兴致：“唉，靠谁靠得住啊。钱要自己拿着才是真的，有钱才是真的，儿女就靠得住？真有一天瘫了，久病床前无孝子，谁见了谁讨嫌，一个亲的热的没有，还是得靠自己。”

老陈附和：“都是一身儿女债，上辈子欠的。”

人群突然开始骚动，都歪着头朝前看去。一个青年和妇女在吵，声音越来越大。

“我刚刚就排在这，上了趟厕所，不信，问问大家。”青年气势汹汹。

“你说排在这，就排在这啊，我怎么没看见。你随便插队，问问后面的人答应吗？大家都在排队，都排这么长时间了，对大家公平吗？”妇女也不甘示弱。

大家一致性地歪着头，踮着脚，朝前望仿佛一只只伸出栅栏的鹅。有些人还发挥跳高队员的天赋，一个瘦子使劲地跳了一下，估计是想做长颈鹿。

“打起来了，打起来了。”不知道谁喊起来了。听到这话，一张张因排队枯燥的脸突然兴奋燥红，有了光彩。

两个人打出了队伍，青年抢占先机，拽着妇女的头发。妇女也不甘示弱，趁他脚步未稳，直接绊他的脚，青年身子定不下只得先松开她的头发。妇女没了牵掣，“去你妈的”，说着就去踹青年的小肚子。

这时，老太太怀里的小孙女仿佛也受到了感染，一点也不安分，两条腿不停地动。老太太没办法，只能放她下来。她津津有味地看着妇女和青年的打斗，步子左迈迈，右跑跑，转过头，眼睛一眨一眨地看了看奶奶，似乎在说真有意思。

大家一边随着队伍慢慢前进，一边看着男女打斗。商场门前的两个保安看见当没看见，眼神不时往这扫两眼，继续笔直地站立着。

“怎么没人上去劝两句？”老太太有点看不过眼。

“这年头谁管得了谁啊，您去劝，备不住您再挨两拳，一点好得不上不说吧，再把您绕进去。”前面个人转头说。

小孙女估计也是看累了，敲了敲奶奶的腿，那意思是要抱。

“警察来了！”

正在撕扯的两人被拉开，像两条斗败的狗，一齐被拉进了警车。

队伍中的人渐渐少了去，L形的队伍也变成一字形。

高音喇叭突然喊：“今天的商品派发完毕，没有领到的顾客，明天请早来。”

饱满的队伍泄了气，三三两两地散开。

老陈紧走了两步，问了问刚刚排在中间位置的大爷：“老哥哥，这边发的啥啊？”

“不知道，跟着排，白费了半天。”

一个孩子的气球飘起，悠悠地升空。天蓝得像水洗过一般，清亮亮的，老陈觉得自己好久没抬头了。

傻子

傻子的大脑袋圆乎乎，人长得五大三粗，手脚却灵便极了。

王婶家的被单刚晾好，他踮着脚，一头的湿漉漉，抱起狂奔。拎着耳朵揪回来，他明亮的眼神低垂，捂着眼睛，指缝里瞧人，头摇得像拨浪鼓："你看不见我，你看不见我。"

刚洗好的床单，成了灰黑一块，王婶气不过，操起厨房的烧火棍直奔过来。傻子知道不善，捂住头，撅起屁股，像一只钻进沙堆的鸵鸟。

王叔被吵醒，气正不顺，瞧见傻子这副模样，飞起一脚。傻子捂着屁股飞也似地蹿走，跑到大路，对着王婶伸着舌头痴笑。

王叔噗嗤乐了："你跟个傻子计较啥，有蛋炒饭吗？来一口，醒了肚子饿。"王婶提着烧火棍回厨房，一阵烟雾缭绕，端出碗蛋炒饭。

傻子慢慢地往前挪，如避地雷，小心翼翼，近到王叔身边，蹲下，晶亮的眼睛柔软得能滴出水，两颊一鼓一鼓的，齿尖嚯嚯的磨牙声，喉结咕噜噜滚动。

王叔留半碗蛋炒饭：“你吃吧。”转身，到里间躺下。傻子忽地端起碗，他不用筷子，两指并拢，似饮水般咕咚吃掉大半。碗底的米粒，他伸出舌头一个个舔掉，像青蛙捕食。寻摸到厨房，往碗里倒滚烫开水，油花在上漂浮，他瞧得眼睛发直，喝一口，舌头血红。

村子里，傻子对王叔最亲近。傻子救过王叔的命，王叔夜里捕青蛙，清晨回来，头晕胸闷，心里嗡嗡地发胀，一头栽倒阴沟。傻子正巧在附近，捞起王叔，背上，走了几里路，敲卫生所的门。王婶她们闻到消息赶来，王叔正在打点滴，傻子在地板上呼呼大睡，一脸污泥。

医生嘿嘿笑：“傻子也知道救人！”王婶说：“他鬼精鬼精的，你拿他东西试试，他能撵你半条路。”

傻子惜命，午觉睡在滴水檐侧，怕瓦掉下来砸人。逢年过节，孩子请他放鞭炮，他长长的竹竿裹上干草，点燃干草，离得一丈远，用干草的火引燃鞭炮。火花一溅，他向后蹦，像被踩了尾巴，背过身，蹲着，捂耳朵，情形类似乌龟缩在地上。

他喜赶集，熙熙攘攘，挤挤闹闹。包子摊掀开蒸笼，热气洇人，他一把抓起一个，又放下，包子上乌黑的五指印。老板恨恨地说："你拿走吧。"他喜笑颜开，边看边吃。孩子攥在手里的糖葫芦，红通通，透明雪亮，他抢起就跑，孩子哇哇地哭，偌大的人群，他的人影早没了。

包子铺老板恨得牙根痒痒，买了条黄狗，拴在门口。黄狗毛发鲜亮，站起身有半人多高，走起路来，一摇三晃，肚子上的肉坠了下来。它的眼神凶恶，瞟你一眼，心中凛凛发抖。

傻子没察觉，故伎重施，黄狗硬生生地就是一口，血淋淋的。老板搬条长凳，倚在门口，抽着烟，脸上得意的微笑。黄狗扑到他怀里，他赞赏似的摸摸头，它伸出粉红的舌头舔老板的脸。傻子躺在地上呻吟，围了一圈人，久了也就散了，他站起，一瘸一拐地走远。

黄狗死了。傻子被人吊起来打。

那天夜里黄狗发蔫，在地上打滚，呜呜地，不一会儿便没了声息。老板疑心到傻子身上。

傻子藏在水边的破房子里，屋顶半截漏空，房梁赤裸裸地露出来。地上一片烂砖瓦，杂草蓬勃地冒出，混成一团。水边湿气重，闷人，一到夜晚，蚊蝇成群，黑压压的一片。

人进来的时候，傻子正在炖狗肉。不知打死了哪家的野狗，沾着血迹的皮毛还在。几根树棍搭着，正中央用钢丝吊着罐子，沸水噗通噗通，辣椒和白盐他捧在手心，正要放。

老板见到这副场景，眼睛烧红了，醋钵大的拳头朝他身上招呼，几个人绑起，吊着打。傻子一声不吭，打到后半夜，人也都累了，乏了，放下他，各自散去。

罐子碎了，汤流了一地，雪白的狗肉沾了泥土，灰扑扑的。傻子捡起，到水边涮涮，抹上白盐，咽了下去，好咸。

到了冬天，傻子住进茅草垛里。金黄的稻草，晒干，又脆又暖和。他睡进去，蜷缩着，像初生的婴儿。废旧的军大衣堵着垛口，陈旧破烂的棉絮盖在茅草上，时不时地有老鼠蹿进来，他抓着尾巴，看着它吱呀乱叫。

灿烂的光线，他乱蓬蓬的毛发夹杂着稻草，身子半倚在墙上，懒洋洋地晒太阳。

老这样不是个事儿，王叔荐他去镇里餐馆刷盘子。剃了个头，换身衣服，从澡堂出来白白净净，不开口不知他的底细。傻子做事有股憨劲儿，烧一锅热水，烫盘子烫碗，油污漂尽，他一个个细细擦，擦得杯子能见着人影。

别人十分钟的活儿，他做一个小时，骂他，他也不急，做事慢，但做得真干净。晚上关门，没睡的地方，两张桌子合成床板，被褥铺上。他睡觉前盯着灯看，小小的飞蛾扑扑地往灯泡上撞，一次，两次，他眼睛迷了，睡着了。老板起夜，会顺手关灯。

傻子胃口大，但也懂礼，饭吃到第二碗，抹抹嘴，走开。老板起身，他再回来收拾碗筷。他吃饭没菜也行，白开水泡泡或者淋上一小勺酱油，狼吞虎咽，呼噜噜一扫而空，吃得香极了。

餐馆早上备菜，中午晚上都忙，下午能歇会儿。几个人聚成一桌麻将，邻里也好看个热闹，一屋子的人，热气腾腾。那天下雨，老太太抱着小孙子躲雨，婴儿细胳膊细腿，肌肤雪嫩，身上散发着奶香味。婴儿腿上系着铃铛，叮当叮当，环佩有声。虎头鞋，虎头帽，小小的人儿，咿咿呀呀，脸上有透明的口水。

傻子往前面搬碗，痴痴的，呼啦一声，杯跌碗碎。满屋子的人被巨大的声响惊了，回头看。他瞧着孩子，浑身发抖，倒在地上，眼睛泛白，嘴角涎着泡沫。

在餐馆没待长久，他不能见婴儿，瞧着会魔怔。餐馆吃的是开门饭，迎来送往，只有自己的不是，哪有主顾的错？傻子干活勤勉，可这毛病膈应人，谁也摸不准他的脉。老板话里藏针，给王叔退了回去。

下过雨，地滑，涩涩的土腥味。屋檐滴滴答答，嫩绿的叶片毛绒绒地泛着水珠。野鸭子在水上浮游，忽地飞起，落下，淡褐色的一抹，隐没在茂密的水草里。水面点点波纹，蜻蜓落在草尖上，微微晃动，蜜蜂呲呲地进了花瓣。

傻子在飞瓦片儿，细碎的片瓦轻灵地穿过河流，水花泛起，一道，两道，终至沉没，寂然无声。

王叔给傻子找了新活儿，白天帮着放鸭子，晚上看瓜。鸭子捕食小鱼小虾，长长的嘴啄食着水底的活物，两只大蹼一划，沉渣泛起，泥水滚动。

鸭子叽叽嘎嘎，游来浮去，大翅膀呼呼生风。傻子嘴里叼着草叶，嘴角斜斜地，想吹出音，闷声闷气。

孩子会趁机捏住他的鼻孔，未等他站起，一窝蜂地散开，嘻嘻哈哈爽朗地笑。他还未躺好，孩子们又偷偷聚拢，猛地抓住一个臂膀，孩子朝他吐舌头，他也痴痴地笑。

轻寂黄昏，鸭子要回圈。咕咕咕的声音，一只长竹竿，细密地围着，耐着心把鸭子往圈里引。

傻子会怄气，鸭子三三两两，他气鼓鼓地扔掉竹竿，回头看，鸭子还呱呱地叫着，丝毫不为所动。进圈的鸭子一阵骚动，继而细密的安静。

队里的瓜地一大片，夜里灯照着，青绿亮眼。半夜会有悉悉簌簌的响动，傻子一伸手，指头疼，刺猬缩成一团，躺在瓜地里。

熟透的瓜，一碰就裂，空气里清冽的甜。西瓜瓤沙沙的，嚼在嘴里，砂糖一般，舌头压一下，汁水满溢。

生瓜和熟瓜脾性不同，生瓜掂在手里硬硬的，熟瓜听起来沉闷硬朗。长在地里的东西都有个土性，再熟的瓜靠地的那面都是煞白的。

孩子们搬着沉重的瓜，脚步轻轻。哎呀一声，一地的碎红瓜瓤。

黑影迅速地溜走。

淡淡的白月光，枝枝节节的藤蔓，绿油油的瓜地。

他没被惊醒，甜甜地睡着。

夏天就这么悄悄溜走，秋阳高照，竹叶飘下，如黄色蝴蝶纷纷地落。傻子跟着黄篾匠进了竹林，脚踩上，清脆的响声，一步，两步，干净的节奏感。竹子又粗又密，黄篾匠握住竹节，晃晃，叶声哗哗，声音响亮：“就这个了。”傻子放下工具，一把砍刀猛地挥下，断口光滑。砍竹子不是个轻易活，手挥下，竹子会反弹，一天下来，虎口生疼。别人不愿做，傻子有力气，被黄篾匠瞧上。

砍下来的毛竹，黄篾匠顺着竹身，一路划开，砍掉枝节。光秃秃的一堆，傻子用黄粗绳捆上，双手拖着，毛竹与地砰砰地撞。

到门脸，黄篾匠倒碗水递给傻子，自己到后院。青青竹子，粗壮刚直，精亮篾刀在竹子底部豁个口子，顺势劈开，节节爆裂，毛刺毕现。庭院里嫩青的香气，竹片上还滚着晶莹的露水。

傻子也学，大手抓住竹子，依样画葫芦，顺刀砍下，偏了，哇哇大叫，手被毛刺划得都是血。黄篾匠乐了，两根手指捏住伤口，挤出两滴血，吹吹，话语柔软："没事，没事，叫什么叫，你看看我的手。"黄篾匠摊开手，十根手指关节处都是老茧，遍布着裂口，像麻布一样粗糙。傻子被吓着了，眼泪在眼眶打转，愣了神。

黄篾匠没有老婆，自己生活也随性，所以更谈不上适时的衣食。傻子在这算帮工，月底结点钱，不包吃住，他每天中午跑五里地，到王叔家吃。月底结的工钱也不是给傻子，而是给王叔。王叔家吃饭按时按点，不会等他，厨房里留半碗饭，上面夹点菜。有时回来晚，饭馊了，傻子照样朝嘴里扒，吃完，水泥地上躺下就睡。

逢到节庆，王叔会来黄篾匠家，手里提着一块猪肉或半块腊肉，嘴里客气着："多亏照顾。"碰到这时候，傻子就不用两头跑，踏踏实实在篾匠家吃。锅里的肉香馋得他流口水。菜上桌了，傻子还没扒两口饭，刚要伸筷子，黄篾匠口袋里的硬币咕咕地转到门外。篾匠筷子一放，声音严肃：“去捡。”傻子不情愿地站起，可一出门，捡到硬币，注意力便被分散，抬头便是铁匠铺，转首又是棉花摊，眼神不住地转，这也看看，那也好玩，等他回来，菜盘空空，只剩几根青蒜。他有点想起什么，又什么都想不起，默默地吃饭，突然面色暴红，篾匠一看，噎住了，大手朝他背一拍：“好了！”。篾匠转身，步伐轻快，手里捏着牙签，去后院慢慢地剔牙。

雨天，黄篾匠犯懒，劈开两半的竹子都交给傻子。傻子做这事慢，越到后面越难做。一劈两半的竹子再对劈，二变四，四变八，傻子没那功力。劈着劈着就发呆，雨水在屋檐下滴滴答答，青砖地有凹槽，打进去，水花扑扑的。傻子就这么静静地看着，篾刀还在手上。中午，篾匠起床，伸个懒腰，瞧着地上仅做的一点活，狠狠地拍傻子的大脑袋：“傻子就是傻子，哪能干活。”傻子脑袋疼，挠挠头，不说话。

快到傍晚，有客人，熟客，进来就说了定件和数量。明亮的电灯在暮色里摇晃，风撩在身上一股寒意，篾匠倒了热茶，两个人在柜台说话，声音细不可闻。傻子蹲在门口，雨更大了，飘拂进来的雨丝时不时地溅到他脸上。

掏定金时，一枚硬币呼呼地跑出，溜过傻子的眼前。傻子几乎是本能，追了出去，漫天风雨里，镇公所办事的卡车激烈地鸣笛，天地一片模糊。

雨过天晴，傻子的手里还捏着硬币。

每年夏天，王叔还是会捕青蛙，照旧要吃蛋炒饭，次次都要留半碗。留的饭不是馊了，就是倒了，看着怪浪费的。

套中人

老杨头觉得老张是个好人。

一碗热腾腾的长寿面，鲜绿的菜心，浓浓的骨汤。光看着就赏心悦目，都有点舍不得下筷，氤氲的热气中，老杨头的眼睛朦胧了。

老杨头眼睛泛水气的原因不是为老张记得他的生日，给他做了长寿面，而是自己几十年养大的一双儿女今天连声问候都没有，亲儿女竟抵不上才来了几天的老张。

老杨做过寿，七十大寿。儿媳妇像个擀面杖一样杵在门口，马不停蹄地收红包，老杨头就像个摆设，什么都插不上手。夜里，儿媳妇在卧室里把钱热热地数了一遍又一遍，老杨头的心凉了。

那天一直折腾到很晚，老张找来了社区的几个会唱京剧的，给老杨头单独唱了场《沙家浜》。虽然老胳膊老腿走起来也不流利，唱腔也粗，经常忘词，还是把老杨头看得心里亮堂堂的。被人记着，那是种幸福。

不光是老杨头，周围的老哥们，老姐们提起老张没有不挑大拇哥的。

原先老头老太太们跳广场舞，没劲头，怯怯懦懦的，又怕被人赶，又怕被人笑。老张来了之后，声势就不一样了。老张把愿意跳广场舞的人列了个名单，一家一户地说，集中时间，统一地点，人多热闹，大家一起来也就没什么害不害臊的事了。哪个老哥们，老姐们，心里起了疙瘩不愿意去了或者忘了，老张亲自去敲门，话说得人心里那叫一个顺溜，浑身暖洋洋的。老张领舞，腿脚还挺灵活，一板一眼，还真是那么回事儿，大家跟着老张做，行云流水，一点不扭捏，越跳越欢喜。

孩子们也喜欢老张。下午三四点，老张就带着他那个烧饼炉子出来了。面在老张手里那叫一个听话，简直是神乎奇技，看老张做烧饼很享受。撒上一层香舒的芝麻，老张把烧饼摆好了放在烧饼炉子上。

孩子们放学了，烧饼的香味刚好透出来，远远地勾着肚子里的馋虫。孩子们看着老张的芝麻烧饼，就走不动道了，喉头不断地翕动，咽口水。

“想吃吧，想吃就自己拿。”老张坐在板凳上笑呵呵地说。

一哄而上，很快就没了。

老张擀面的劲道好，做的烧饼有嚼劲，又香又脆，孩子们舔一舔喷香的芝麻，再咬一口，无限陶醉，三下五除二就到肚子里了。吃完了意犹未尽，孩子们睁着清澈的眼睛盯着老张。

老张又站起，现弄现做。

孩子们巴不得立刻做好，眼睛里都冒火。

“还不谢谢张爷爷？”家长们看不过去了。

“谢谢张爷爷。”

做多了，老张会挨家挨户地送，老张的烧饼配上熬好的小米粥那叫一绝，喝一口粥，咬一口又软又脆的烧饼，肠胃舒服熨帖！老张送惯了，哪天没送大家还不习惯，都有点想。也自己做过，都做不出老张的味道来。

用老张自己的话说：“做烧饼不图赚钱，图的是个乐呵，有人围着你的那份热闹。”

当然大家也给钱，推却不过，老张就收个食材的钱。

时间长了，大家都有些纳闷，老张像是无子无女，连老伴都没有，来看他的就是这群老哥们。

老杨壮着胆子问："家里就你一个了？"

老张把户口本拿出来，薄薄的一张。

老杨头拿着户口本觉得无限沉重。薄薄的纸片上一个很俗气的名字：张天富。

大家伙都觉得老张这么单着不行，身边必须要有个人，这点老杨头深有感触。

他陪老张去菜市场，两个人先散了各买各的，约定到时间聚齐。到时间了，老杨左等他不来，右等他不来，只好到菜市场找。前面闹哄哄的，老杨挤进人群中，被围着正是老张。老张被一个青年揪着脖领子，颤颤巍巍的。看见老杨，像是看见了救星："老杨，他非说我是骗子，老杨，你说我是那样的人吗？"

老杨在旁边赌咒发誓：你肯定是认错人了。有与老张相熟的菜贩也上来劝解。

青年有些不自信："可能是真认错人了，对不起啊！"

回来的路上。老杨就说："今天这事多悬啊，你这身边要是没个人，还不知道怎样呢？"

大家也都着急这事，老张有高血压，哪天犯病了，连个人都没有，这不是个事儿。

那段时间，凡是符合条件的老年妇女走马灯似的从老张面前过，老张笑而不语，反正就是没个准信。

问多了，老张就叹了口气："年岁这么大了，就别弄这花花事了。"

久而久之，大家也都没了心气儿。

大伙担心，老张可不担心，见天地吃冰糖肘子，那玩意又甜又腻，对高血压病人十分不好。但老张就好这口，有劝他的人，他很乐观："人生在世，吃喝二字，吃都吃得不对付了，活着还有什么劲？"

这些阴霾在大家伙的心里一扫而过，照旧跟着老张热热闹闹地跳广场舞，兴高采烈地唱戏，日子是越过越有滋味。

社区里搭起了舞台，响起了高音喇叭，说是免费给老年人测血压血糖。

老张领着大家去了："不去白不去，测测不也心安嘛，大家都去看看。"

还真热闹，花花绿绿的，几个穿白大褂的坐在那里，大家也是看个新鲜，瞧个热闹，都上去测了测。

台上的青年拿着喇叭："大家都来看看啊，特别是家里有老人的千万不能错过啊。我们今天给大家推荐一款专门治疗高血压的神奇理疗器，用上第3天，血压就可以由180降到130

了；用了3个月，病全好了……”

“有些人说了，我们是骗子，是不是骗子那要自己看，赵本山说得好，不看广告看疗效，我们这里免费试用，你可以带回家去，我们这次在这边搞活动搞一个月，等你试了觉得好了，你再付钱买。大家都来看看啊！”

老张撇了撇嘴：“是骗子，咱们都回去吧。”

老杨有些不信：“不是说不要钱嘛，先试试嘛！”

“要试你试，我可不试。”

大家都填了表，把理疗器领回了家，大家也都想着老张，主动给老张填了表，把理疗器给老张送到了家。

第二天，现场试效果，当场测血压，老张上去，惊讶得不相信眼睛，血压居然真的降了。

也有一些人没降，白大褂说：“这也要看人，不是短时间能看出效果的。”

老张成了义务宣传员，逢人就夸这种理疗器的神奇效果，大家都信老张，也都来咨询。

介绍人员说这种理疗器有中高低三种档次，最高的要一万多，治疗效果最好。

老张想都没想，掏出一万多，把最高档的捧回了家，大家见老张这么积极，有血压病的人也多，陆陆续续也掏钱买了。

第三天照旧热热闹闹，第四天一个人影都没有。

老张那天从早上一直等到晚上，眼神暗淡得一点光都没有。

派出所调查后说："这就是个典型的诈骗，那些理疗器一点效果都没有，成本也就几十元。"

一向乐观的老张颓了，不再出门，也不再露面。

广场上没有了领舞的老张，餐桌上缺了喷香的烧饼，大家心里都跟堵了块石头似的，做事都没了滋味。

大家劝老张看开些，散财保平安，别把钱看得太重。

老张也不说话，气氛沉闷压抑。

最后开口："是我对不起大家啊！"

大家伙想了想，凑了份子，把一万多拿给了老张，就说是：公安局破了案给的。

拿了钱的老张照旧沉默，见人就低头，也不打招呼，大家都知道他有了心结。

老杨回来时，老张已经开始搬家了，东西都拾掇得差不多了。

"我对不起大家伙，看见你们总觉得对不起你们，我先走了啊！”老张含着泪说。

生活又恢复了原样，广场舞照旧歪七扭八，没了烧饼照样喝小米粥，只是孩子老嚷嚷着要吃张爷爷的烧饼。

老杨有时候懒洋洋地晒着太阳嘟囔一句：“要是老张在该多有意思啊！”

案子最后破了，派出所的小李过来通知大家说：“大家明天去派出所签字，把被骗的钱领回来。”

“到底哪个杀千刀的，连老人的钱都骗。”

“首犯叫张天富。”小李淡淡地说。

老杨觉得这名字好熟悉，但一时想不起来。

老杨心里想的是把老张请回来。

剃头匠

剃头匠最风光的时候，打谷场上二十多个脑袋一字排开，一水地要板寸。雪亮的剃刀，刷刷而过，碎发齐齐地落。不消一会儿，地面薄薄一层，黑乎乎。

青年们如释重负，长舒一口气，抖擞身上的白布，摸摸扎人的发梢，有点不适应，憨憨一笑："大热天理板寸，干净清爽，就是头皮痒。"说着手指在头皮微划两下。剃头匠在白瓷盆涮涮剃刀，脑门汗珠滚滚，语气缓缓："都坐下，毛茬还没剃呢，刺挠个什么劲儿？"

剃头匠的店在街道拐角，破落的门脸，淡黄的招牌，理发椅坐上去吱吱作响。进去，浓重的头油味，毛巾斜搭在脸盆架上，上面显眼的碎发。

他爱跟人唠叨，左右手各伸一根手指，做交叉状：“十年，物价翻几番，我剃头三块，没变过。”颇有些白头宫女说玄宗的架势。哪有放着钱不挣的，在那剃头三块，洗头得多两块，要是刮胡子掏耳朵还得单加钱。里外里一算，这老头不傻。

剃头怕少不怕老。上了岁数的进门，那是过来享受的。闭着眼，头发呼呼落地的声音，剃头匠手上软硬适中的力度。洗耳朵，刮毛茬，干净干净脸面，热热的毛巾朝面上一敷，浑身的毛孔都透着舒服。孩子瞧见剃头怕，如同恐惧打针。剃头得静，得安稳，孩子好动，一个动作偏了，头就囫囵了。剃个头，眼泪哗哗，流到唇边，孩子舔一下，咸的，还带着黑乎乎的头发，呸呸吐两口，哭得更凶了。

剃头匠治孩子有招，有力的大手使劲摁着脖颈，一寸寸剃，孩子想换个姿势都不成。嗨，是不闹了，剃完脖子酸，左右地晃脑，像小小的不倒翁。出了店，眼泪婆娑地拉着妈妈的手：“妈妈，我们下次不来这家了，疼！”

晴天，风好，太阳烈，剃头匠会晒毛巾。晾衣绳上，满满当当，毛巾都褪色了，迎着风招摇。到下午，毛巾晒硬了，凑近一瞅，密密麻麻的小碎发，如同成群结队的蚂蚁，心中一凛，起鸡皮疙瘩。

他的生意一天比一天清冷，全靠老主顾撑着。要是碰上丧葬，你定能见到他。他驼着腰，肥大的后脑勺遮住了别人的视线，剃头剪子上下挥动，人时不时地后退，侧身打量着头发的弧度。此地葬礼，亲友均得剃头，活重钱少，有正经门脸的，谁愿意来？年老的剃头匠便成了首选。他不那么灵便了，剃完两三个，就得坐着歇歇。大茶缸里的水还热，青绿的茶叶片滚动泛起，他热热地饮两口，抹一把额头，气息粗粗：“来，接着来。”那把剃头刀子他握了一辈子，用起来稳。

这路生意赚不了多少，不是论人头收费，主人家谈定个价钱，全家族的头都得他忙活。累一早上，午宴得让他上席，敬他的烟是最好的，他笑盈盈接下，不抽，架在耳朵上。别人酒多话多，他安安静静夹菜，猪肘子一只只地啃，腮帮子圆鼓鼓地流油。走的时候和主家打好招呼，揣了瓶酒，他一离席，有些尖酸话便冒了出来：“真是越老越精，他可吃得够本。”

他有一块磨刀石，水泥色，浇上水，剃刀磨两下，大拇指试试刀锋，清水里晃晃刀锈，接着磨。这几把剃刀是他的宝贝，据说是老辈传下来的，有人添油加醋说成是宝刀，能吹毛断发，劈金斩铁。这话问到他面前，他嘴角抽动了一下，温和地笑笑：“不是啥了不得的刀，学的是这门手艺，用了这么多年，顺手，没啥特别的。”

新开的美容美发厅，美发沙龙，雨后春笋般冒出来。门前各种五光十色，做得造型又新又漂亮，当街站着引生意的姑娘袅袅婷婷，吸人眼球。剃头匠乐了：“以前叫剃头，后来改成理发，现在叫美发，把头弄得跟鸡窝似的，要下崽啊！”

剃头匠的门脸又小又破，他打瞌睡的时间越发多了。

空闲时间多了，他愿意哼两句。剃头匠年轻时爱唱戏。年末社戏，他嗓子亮，眼睛好，台上一站，威风凛凛，飘飘然有将军气概。他的绝活是演小气书生，气呼呼，雄赳赳，脸上忽红忽白，瞧着滑稽可乐。孩子看见这幅扮相，咧着嘴乐，经常笑岔了气。

剃头匠现在老了，眼暗体乏，上不得台。但他还是来，居中调度，茶水照应，班子花费，他心里一笔细账，换个人，摸不着门。剃头匠过来，人家认头，换副生面孔，别人心里打鼓，说到底拼的是人缘。

剃头匠这人缘还是沾手艺的光，那时刚出师，没铺面，一副剃头挑子十里八乡地转。到地儿先找砖瓦烧水，家伙什摆放齐，人群就呼呼地拥过来。板凳摆在柳树下，层层绿叶，密密遮住骄阳。剃头匠试试水温，手一勾，示意坐下。满头的泡沫洗净，剃刀寒光一闪，嚓嚓有声，刀起发落，耳朵上的乱发齐刷刷地掉，不消一会儿青色头皮参差可见，茂密的丛林变成清爽的平原。

清水洗去头顶碎发，盆底黑黑的一层，温热毛巾朝脸上一敷，浑身舒透。掏耳朵，捶身体，浑身的懒劲儿发了出来，拿开毛巾，被剃发的人焕然一新，精精神神。

这种理发不是剃个把个人，而是整村整庄，今天剃不完，住下，明天接着来。就这样，哪村的人他都熟，过年请戏班子得几个村的人合起来出钱，他居中联络，大家信得过。

剃头匠还有个本事，被传得神乎其神，据说他能通灵，目能视“物”。谁家孩子发魇，失落了神智，便来找他。他瞧瞧捏捏，嘴不停：“眼底无光，昏昏沉沉，这是冲撞了邪祟，夜里放碗清水在窗台，祷告过往神灵，祷告完，水让孩子喝了。”家长不明就里，听见此话唯唯照做，孩子第二天霍然而愈。

一来二去，名声大了。村头李老汉家里丢钱，请他来，他走了一圈：“钱没丢，在家，再找找。”凑巧中午家里大舅来过，李老汉便疑心，听到剃头匠这话愈发地不信。老伴听他疑心自家大舅，两人吵得不可开交。两个多月后，钱找到了，在橱柜底层角落，放在鞋盒里。自此之后，再有人找，剃头匠百般推脱，再也不看。

剃头匠没有子女，钱财随意，既赌且嫖。赌钱凭的是意气，运气风发，赢得盆满钵满，可哪能赢了就离开，非得败了你的兴致。输了，又不甘心，眼前晃着哗啦啦的银钱，愈不甘心愈输，脸颊红红，双眼呆滞，一心只系着赌桌，耳边的喧嚣通通遥远。

剃头匠有一样好：只赌当天，输净了，脸上颓丧，却半点不留恋，拍拍屁股走人。越穷烟瘾越大，自己卷烟，把烟草放进圆筒状的白纸。那玩意儿辣，劲大，剃头时抽这种烟，熏得眼泪汪汪。顾客好奇来一口，噎得呼呼地喘粗气。

他和村里的王明翠相好，人尽皆知。王明翠是外地人，嫁到这里，丈夫在矿上，小煤矿意外塌方，人不巧正压在里头。

一点抚恤金不能活人，屋里三个嗷嗷待哺的崽子小狼一般，她欲狠心离开，看看孩子，心软，挪不动步。

王明翠生养过三个，但模样可人，容色艳丽，匀称的腰，白净的脸，胸前圆鼓鼓的。她家的窗帘淡红，上面绣着茂密青竹。白日艳阳，窗帘拉上，别人便知道这家开始“做事”了。剃头匠来，不火急火燎，有一句没一句地说话，帮她平整菜地，整弄猪圈。女人在阳光下慢条斯理地打毛线，剃头匠握着锄头轻轻细细地除草，有时抬头，相视一笑。

阳光好，剃头匠搬出凳子给她洗头。松松软软的头发，十指在发丝间游走，第一盆水泡沫涨溢，满满实实。女人低头握紧头发，他迅疾换盆清水，缓缓揉搓着发丝，肥大的手掌柔软如细沙，心里的温暖一点点溢出。阳光清亮，发梢水珠滴滴答答，剃头匠前襟一片湿润。

偶尔来了，屋里有人，他静静地等，眼神空空。远处的瓜架，枝枝蔓蔓，延伸到地下。粉红窗帘拉开，一双鲜明黑皮鞋，噔噔地走远，女人扶着散乱的发髻，带着微笑，带着不安：“你来啦？”他不说话，点燃一支烟，火星明明灭灭，袅袅的烟圈，雾霭淡蓝。烟灰落尽，他大脚一踩，捻灭烟头，不自在地笑：

“路过，来看看，这就走，这就走。”女人僵住了。

孩子念大学，没钱，王明翠坐在剃头椅子上怯生生地开口，剃头匠沉默许久：“我想想招儿。”

天空血红。夕阳大片大片地浸在江中，砍伐出来的树根阴森森地裸露着。女人有些拘谨，剃头匠左右看看感慨：“大队的当年打谷场多红火，现在荒成这样。”从怀里掏出皱巴巴的方巾，一层层打开：“这是存折收好了，下面是我的身份证，要用多少自己拿。”

消息很快传开了，剃头匠卖了门脸，不干了。王明翠再去，原地改成了鱼档，地上一摊鱼鳞，鱼身血红，腥风吹来，阵阵恶臭。墙体上理发二字还留在剥落的墙上，肮脏丑陋。王明翠一脚踏进污水，再拔出来，鞋面上明晃晃的鱼鳞。

年关，王明翠见到了剃头匠。她手里拎着大大小小的年货，正想上前，却又止住。剃头匠的下巴荡着稀少花白的胡茬，头发乱蓬蓬，像只野鬼，缓缓推门，进了美发厅。

铁匠

夜很轻，白霜浮地，冷冰冰的月，疏疏的狗叫。静寂的黑暗，铁匠炉火光灿然，厚重的身影悄然伫立，热铁遇冷，“滋拉”一声，水雾蒸腾。铁匠抹了一把汗，瞧了一眼过路客们：“这炉火旺着呢，包你们热热和和睡个安稳觉。”说着掀开布帘，进了里屋。

东方既白，鸟啾啾鸣叫，屋顶缕缕炊烟。过路客都得早起赶路，悠悠扬扬地伸了个懒腰，开门，铁匠自自然然盘着腿坐在碾盘上吸烟。

“得，这是昨天的店钱，您收好。”几块银钱掂在手中，脆脆地响。

“这就要走？吃了早饭吧，小米粥，稀烂，养胃，马上就得。”

“不了，不了，赶路要紧，赶路要紧，包袱里有贴饼子，路上垫巴一口就行，常年赶路的人，哪那么多讲究。”

“得，那您们走好，下次来。”

一团晨雾中，马队叮叮当当地走远。铁匠回身，熄灭灶火，他不吃早饭。

这地方不算太偏，偶尔过过车队马队。街里没有大车店，铁匠铺大，炉火夜里不熄，暖和舒适，对于过夜旅人来说怎么也能将就一晚。

铁匠开始做活了，撩旺炉子，拉风箱，明丽的火星往外窜，胳膊上的矫健的肌肉一突一突的。炽热的火苗像是情人柔软鲜辣的舌头，抚摸得面庞熠熠发光，津津汗流。每击打一下，硬梆梆的胸脯筋骨毕现，抡起臂膀，星火四溅，铁已通红。拉风箱要不温不火，不急不躁，一旦快，力气会流光，慢的话，劲头跟不上。清冷的早晨，铁匠屋炉子火光熊熊，淬火的白烟缭绕。

气力十足的铁匠汗珠滚滚，厚厚的白裙黑洞点点。街上人声渐沸，叫卖声不绝。铁匠提一桶清水，立在院子当中，兜头泼下，雪白干净的毛巾擦得灰气扑扑，气息为之一爽。熄火，披衣，出门。

林家小馆，当街一个柜台，迎面半人多高的酒缸，卖的是自家的米酒，既甜且糯。要菜的白送一碗，单为酒来的，一个大子儿一葫芦。馆子里多是家常菜。红炉牛肉，片得细薄，温火煨着，吃这路菜得急、得快，怕肉焖老了；肉片拣净，白生生的米饭，淋上香浓牛汤，一嗦啰，一扫而光，滴米不剩。炒出的青椒肉丝，大盘，量足，却有点名不副实。此地不产青椒，炒菜用晾晒干的老辣椒，辣得脸油油的红，紧紧地就一口米酒盖一下，发汗，透爽。好的是霉干菜烧肉，霉干菜乌黑，烧肉白腻，裹在一起，又香又脆，滋味绝妙。会吃的人，留下两块白肉，盘底有些许汤汁，白肉裹上汤汁，咸淡适宜，浓稠适度，爽滑可口。

铁匠入店径直走到窗下，他是老客，座位是固定的，特地留着。打了个手势，店主会意，老三样，麻婆豆腐白嫩，泛着一层红油；青萝卜片，嘎嘣脆；一大盘炸麻雀，十二只，酥焦金黄，咬一口，肉嫩紧致，吱吱冒油。

一大海碗米酒饮尽，菜也吃到了七分，趁着微醺劲儿，铁匠进了后厨。师傅都识得他，每天来，不用他人动手，自己做份儿蛋炒饭，这样的食客少见，但久了也就见怪不怪。灶上的师傅招呼徒弟："去拿隔夜的饭，那饭炒起来香。"鸡蛋打散，细切葱花，锅中爆油，上下翻飞，香味四溢，鸡蛋松软，米粒饱满。一碗蛋炒饭，就着剩下的菜，吃了个肚皮浑圆。打个盹，消消食儿，说话就到下半晌儿了。

掖着这股心满意足的精神头儿，去书场听书。伙计一见就躬身往座儿引，这是老主顾，不消说，一杯酽茶端上来，醒醒酒，抖抖神儿。说书先生平常开场："三列国东西汉，水浒聊斋济公传，大五义小五义，五女七贞西游记，今天不把别的表，说一说武松打虎景阳冈，兄弟重逢阳谷县。"说得徐疾有致，不温不火，台下大多心不在焉，意不在此。下午听书多是些有钱有闲的，像铁匠这种只上午和夜里做活的是异数，一天忙得脚打后脑勺才刚刚够糊嘴的人谁进得起书场。

公子哥们闲哉，三天两头，经年累月地来，就那几部书，想要说出花活来大是不易，听的人只是聊个意思，谁也没当真。到这地方是老鼠拉风箱——大头在后头，言在此而意在彼，一多半不为听书，是来捧压轴的大鼓妞儿。书场最近新来了一位杭天娇，招贴画挂满全城，有头有脸的人家都送去了帖子，拜了码头，认了门路。杭天娇人如其名，模样俊，舌头溜，音韵抑扬顿挫，说话如黄莺出谷，引来一群五陵年少，近来很是受捧，正当红。

杭天娇台下冷艳冰霜，上了台活色生香，敲鼓说唱身形难免抖动，看得那些公子哥儿眼睛都直了。唱到中途，伙计端着盘子讨赏，铁匠这些有座儿的不打钱，待要走了，掏出一把，掷到桌上，叮当有声，杭天娇略微欠了欠身，算做还礼。

天已向晚，铁匠迈着大步，卤肉摊飘香诱人，来半斤，切成片；挂炉烧饼热乎乎的刚出摊，买两个，卷着卤肉，三口并作两口，风卷残云，呼噜下肚，这就算晚饭。

门口早已聚了不少人，多是来取农具的。各人拿各人的定件儿，试了试刀口，一阵热闹说价后，皆自散去。没人取的小件儿，铁匠通常挂在墙上，多是些寻常物件儿，镰刀，斧子，许是人家忘了，没准麦收时会记起来寻；又许是定件的人已经走了，儿孙不知道这档子事儿。横七竖八的农具中突兀扎眼的是一把刀，半年前就定下了，付的三倍价钱，要得急。铁匠那夜都没歇，赶这急茬，隔天却没人来取，想了想，人家花费那么多，又找了人用动物皮革做了刀鞘配上，这人却再未现过身。

入了夜，铁匠不断在床上“折饼”，杭天娇一径月牙般的浅笑在眼前荡漾，他的心在猛烈地狂跳。从怀里掏出红笺，字迹娟秀，一股诱人的甜腻香气，那白玉般的胳膊轻轻一碰，红笺入怀，杭天娇抿嘴微笑，两个洇洇的酒窝，铁匠的身体麻辣辣的。

铁匠的生活说不上安稳却也不动荡，卖手艺得的钱不致大富大贵但也小有结余，别人骑马我骑驴，再回头看那推车的汉——比上不足，比下有余。

那天的事儿出在酒上，林老板忙得昏了头，忘却了兑水，按往常的量，铁匠不会喝到醉眼朦胧。铁匠进店，自己的座儿已被李三少爷占了。李三少爷在城里富有家产，又薄有文名。李三会画几笔，笔意很粗糙，但架不住起哄架秧子的。食客二流子往上捧；真懂行的，又不愿得罪人，碍着面子，说几句不咸不淡的话，聊作鼓励。既有文名，当收弟子，三教九流、略通文墨、忧虑衣食的都拜到他门下，李家有产业养得起人。真有摸黑懵懂的人拿自己的习画来讨教，李三架子摆得足，泡杯热茶，故作莫深高测样，坐到热茶转凉，沏水无味，悠悠地站起，扔下一句："笔不熟！"好口条，笔不熟这话放之四海而皆准。

林老板拉了他衣袖，他愤愤地坐下，气不平，没吃几口菜，自斟自饮，杭天娇的名字突然滑过耳朵。

“李爷，杭天娇那娘们，上面的口好，下面的口肯定也不错。”

“就咱李爷这风流文才，那大鼓妞儿还不是胯下之臣。”

李三含笑饮酒，周围一阵淫笑。

铁匠的脑袋像被铜锣炸响，面皮紫胀，双眼通红，脸上绷得紧紧的，那一身的铜筋铁骨，让人看得心惊肉跳。他的拳头像扔出去的石头，砸得李三瘫倒在地，一个飞脚，踢到刚才淫笑食客小腹上。屋里登时大乱，李三的门客见主子受辱，哪里肯依，一哄而上，直取铁匠后背，几个人抢了厨子的菜刀，有人摸出了棍子，刀光棍影，一团煞气，醉酒的铁匠左支右突，酒已醒了大半，双拳难敌四手，被打得动弹不得。

鼻血已经干了，头上突起鲜红的一块，满脸青紫，心里的怒火在一点点肿胀。昏黄的灯光下，那把刀映入眼帘，打造它时，铁匠耗心不少。出活时，刀身浑然精亮，雪白耀眼，刀尖漂亮优美，弧度大方。他仿佛见到自己提刀杀人，切西瓜般手起头落，意气潇洒，刀锋所至，一片披靡。还有杭天娇，他得带着一起走，他这身手艺，到哪挣不下来吃喝，自己能养她，总比她在风尘之中，陪笑卖唱强得多。他心中的怒气已化作万丈豪情，喷薄欲出。

昏暗的家，突然有人影摇动，瞧清了，是林老板笑眯眯的脸。他携着食盒，几碟酒菜，喝至半晌，话音来了：“兄弟劝你一句，民不与官斗，贫不与富斗，屈死不告状，饿死不偷人。李三他们家你惹不得，一时意气，谁都有，难免的，你说为了个座位至于吗？别说你惹不起，就算你惹得起，他要钱有钱，要人有人，你经得住找后账吗？老哥哥长你几岁，这是知心的话。”

铁匠低着头静默不语。

林老板拍拍他的肩膀：“话呢，就说到这，你再好好琢磨琢磨。今晚有杭天娇的专场，她还等着我呢，我得去看看。”

“等着你？”铁匠抬头疑惑地问。

林老板拿出一张红笺：“小妮子对我有意，我得加把火。”

铁匠的豪气顿无，整个人如堕冰窖，一种垂死的感觉让他心冷，思维已经僵硬。

铁匠铺隔天未开张，直至灯火初上，门被砰砰地砸开。一只浩浩荡荡的驼队来投宿，骆驼呼哧呼哧地站着，月色中呼吸吐出一股股白色的烟。铁匠领驼队到城外，一人留下看着，其余人招呼进去。

一行人俱是精悍之色，瞧着就是常年在外跑的模样，有眼色，帮铁匠烧水，温饭，铺被褥，利利落落的。好一会儿才歇下来，热热的水烫着脚。话题便聊开了，一群单身汉，自然话头离不开钱与女人。领头人却一直静着，瞟了一眼墙上的刀对铁匠示意：“卖吗？”

铁匠笑笑摇摇头：“这把刀是定件儿，钱都给了，只是还没来取。”

“你还可以再做，他又不是明天来，费不了你多大工夫，我带的刀钝了，正要买一把。”

听说爱情回来过

陈丽回来的时候，理发店里只有老宋一个人在忙活。老宋胖乎乎的手在一大团黑发间穿梭游弋，熟恁而自然，像一条滑腻腻的鱼，柔软，倏忽而逝。吹风机吱吱的电流声，热风呼呼地鼓出来，不时蹭到陈丽的脸，午后的理发店让人昏昏欲睡。

陈丽喝完水，发现杯子缺了一个角，转过脸瞥到老宋的手停留在顾客雪白的脖颈上，只那一瞬，便移开了。陈丽不好公开发火，踢了身旁的猫一脚："春天到了，你也过来发骚，恶心。"猫嗷地一声，迅疾地跑开，老宋抬头，陈丽已经上楼了。

陈丽醒来的时候，已经是傍晚，滴滴答答的声音敲打着百叶窗。下雨了，鲜绿的树叶显出醒目的寒意，风吹过来，整个世界都潮湿难耐。细雨朦朦的街道，行人如蝼蚁般迅速移动，盲目而混乱。三轮车翻车，大堆的萝卜散落在一地的泥水里，骑三轮车的女人尖叫，咒骂。泥水顺着她的衣服下摆蔓延开去，陈丽注意到她的耳环在风中一晃一晃的。

陈丽突然感到一股坚硬的凉意在自己的身体里延伸，一寸一寸，冷飕飕地敲打着自己的小腹，一块石头在迅速地向下坠。

老宋上床时发现陈丽的脸色很难看，他对陈丽的抚摸得不到任何回应，那双在身体上流动的手停止了动作。梳妆台上的白玉兰已经衰败，散发出垂死的气息。老宋关灯，开灯，陈丽裹紧了自己的被子，漠然没有任何表情。老宋说："你这是干嘛，生起气来没完没了！"陈丽抖了一下被子，说："我哪敢，今天我来那个了。"老宋关了灯，斜倚在床上，迟钝且木然，叹了口气，钻进了被窝里。

陈丽比老宋小二十岁，结婚那天，所有人的目光都在陈丽的肚子上逡巡着，想寻出一丝体态的变化。男人们下流的笑话让老宋发窘，妇女们交头接耳的窃笑则让陈丽不自然。陈丽冲出酒宴到卫生间呕吐的那一刻，婚宴上突然安静，继而被更大的喧嚣淹没，这证实了大家关于老宋先上车后补票的猜测。老宋面对这些暧昧的目光先是摆了摆手，然后无奈地摇了摇头。事后证明，这些无端的猜测纯属捕风捉影，陈丽的肚子始终没显怀，另一种说法是，陈丽小产了。

陈丽下楼时，学徒小李刚进门。于波把粥端上桌，招呼小李：“还没吃呢吧，来，一起。”

“不了，不了。”小李摆摆手，往后连退了几步。

老宋呼噜呼噜地喝粥，发出含糊的声音：“不饿的话，就先把工具收拾收拾，地扫了，整天脏兮兮的，今天还开不开门做生意了？”于波夹了根油条：“来，师傅，这根脆，您尝尝。”

陈丽端着粥，倚着门框。淡青色的天没有一丝云，街上没有行人，路上的水塘照出些浮光暗影，陈丽的心思在游动。粥上不知什么时候落下一丝头发，于波听见陈丽上楼时说了声讨厌。

老宋中风就在那天下午。天下过雨，温度回冷。老宋说骨头里窜冷风，去浴室泡泡，让小李看店，于波跟着他，顺便给他擦背。

浴室里，老宋在水气氤氲中泡的皮肤发白，挪着自己臃肿肥胖的身体喊着于波：“来，给师傅擦擦，让我好好松快松快。”于波正在淋浴那洗头，巨大的泡沫盖住了他，碱性的洗发水迷了他的眼，他迷迷糊糊地听到了老宋的声音，嘴里发出哦哦的回应。

于波还没冲干净泡沫，浴室的客人就发现老宋不对：嘴突然僵住，身体往后仰，激起巨大的水花。大家手忙脚乱地把老宋扶上来，老宋的眼光已经变得浑浊而恐惧，嘴里涎着一摊口水。

小李关门时，老宋他们还没回来。天气突然变冷，他立起了衣领，天色变得灰蒙蒙，晦暗不明。明天要加件衣服，小李这样想。

老宋中风了，小李和于波都没走。小李是等这个月结束，他想把这个月工资结了。小李暗地里对于波说了这个意思，于波没搭话，小李也就不好意思自己走。

陈丽正在给老宋洗身子，老宋的身体粗糙冰凉，恶臭让陈丽时不时捂住鼻子，老宋的眼神既愤怒又悲凉。小李就在这时敲开了阁楼的门：“师娘，老太太来了。”

“抚养费，抚养费，他都瘫了，哪来的钱？”

小李看见陈丽泼妇般地把老太太拖进了阁楼，老太太细长的身子想往后蠕动，几乎被拽着进了阁楼的门。

老太太颤颤巍巍地下了楼，小李注意到她的嘴里已经没有任何的牙齿，粉红色的牙床显得空荡荡阴森森，她灰色的身影就这样消失在暮色中。

于波开始长时间出入阁楼，给老宋洗身子都是于波做的，一去就是小半天。小李只会剪板寸，但是客人们还是三五成群地聚在理发店里，神色暧昧，指指点点地说着阁楼里的一切。小李听着钟表的滴答声突然不耐烦："到这里嚼什么舌头，理发坐这里，不理发滚。"

"这理发店是你开的？"

小李语塞，闷着头，继续看钟表。

那年夏天，眼尖的人敏感地捕捉到陈丽的体态变化。大家看见于波都嘻嘻地笑。

老宋没熬过这个闷热的夏天。他被抬出来的时候，像一头浮肿的肥猪，歪斜的脸上挂着诡异的笑。

不知是谁通知了老太太。老太太歇斯底里地挡在理发店门口，坚持说是谋杀，让警察验尸。陈丽怀里抱着白猫，偶尔抬眼看她，喉咙里滑出一声冷笑。

药店老板跟着警察进理发店的那刻，于波浑身瘫软，脸上的表情恐惧而懦弱。

这是宋氏理发店在这个小镇历史的终结，老板被毒死，学徒进了监狱。

陈丽抱着新生的女儿指挥着工人摘下油兮兮的宋氏理发店的招牌，换成了李氏理发店。那些过来看热闹的街坊惊奇地发现孩子的眉眼像极了小李。

那是2000年的冬天。

一碗热馄饨

馄饨吴的摊，不占地儿，一根幡，一副担就是全套家伙事儿。他把摊儿支应在渡口，走南闯北，奔东走西的全打这过。一条大江横来渡去，是个旺地。人多热闹，生意看着茂盛，进项也就多。

当然得和船家打好招呼，地儿是人家的，请了中人说和。船家好说话，只收了几瓶酒："那地儿空着也空着，一到夜里我就愁没人说话，乡里乡亲的，不收钱儿。"有了这句话，馄饨吴摆了一顿酒，请了船家，谢了中人，搭了棚子，这摊儿就算立住了。

馄饨吴的摊儿傍晚开，他睡到中午起身，媳妇儿早就温好了酒，煮熟了饭。他不要菜，就着酒扒饭，三小杯酒，两大碗米饭哗啦啦，干干净净，抹了一把嘴去外屋备料。

夕阳慢慢浸到江里，平静的江面一片血色。馄饨吴挑着担子慢吞吞地来了，他不急着摊开家伙事儿，掏出小酒壶，慢腾腾嘬两口，盯着几条打渔的乌蓬船，直到捕鱼人呜地一嗓子，将鱼鹰都撒了出去，溅起此起彼伏的水花，他才收了心神。

这时候，来的多是老弱妇孺。老人，妇女走亲戚，回娘家，难得见一面，总想迟些再迟些，日暮晚凉，赶路累了，歇歇脚，来一碗馄饨，暖心暖胃。孩子被香气勾着引着，怎么也迈不动步，死缠着大人，不来一碗不罢休。

八点往后，又冷清了。船家拎了鲫鱼过来，就着生火的厨具，熬上一大锅汤。香气漂浮，火苗煨着锅炉，一揭盖，扑鼻的热气，色白如乳，鲜滑如脂。一人一小碗，馄饨吴不时地抬头，有零星的食客，他得照应着。喝完汤，细细地剔鱼刺，静静地消磨着夜晚。

船家去睡了，下夜班的工人来了。三五成群，吆喝着，调笑着工头，讲着老板的坏话，一转头："老吴，快着点啊！"

夜深渐寒，摩挲着手，眼睛都瞟着那碗热馄饨。

馄饨吴急急地从沸水中捞起，撒上油盐作料，迅速地拌匀，顺手撒上一把细碎的香菜，碗里幽幽地发着香气。望眼欲穿的食客早已等得焦急，咬上一口馄饨，热热地喝汤。

“老吴啊，我可不吃香菜。”

“哎呀，忙中出错，忙中出错，这碗不收钱。”老吴赔笑道。

“你就是想收我们也没带着啊，给你的馄饨钱是年结，老吴这话可精着呢！”

大家伙儿笑成了一团。

夜班工人固定来，夜班前要洗澡，身上不带钱，哪些人都心中有数，馄饨钱一年结一次。

到了年关，老吴拿着本子一户户地收，每收一家，就用红笔狠狠地划一道，亮给主人家看。

“今年多少啊？”

“一百八。”

“这么贵啊，明年可不贪嘴喽。”一面开着玩笑，一面给老吴掏钱。

“哎，别着急走啊，饭菜都好了，就在这吃吧，多双筷子的事儿。”

“不了，不了，还有下一家呢。”老吴夹着本子隐没在烟花璀璨的黑夜。

“老吴，来点老陈醋，不蘸着吃不香。”

“就来，就来。”

夜班的工人也四散了，黑夜一片冷寂。

老吴洗刷了碗盘，收拾挑子。他不是归家，而是走街串巷。

一盏昏黄的灯，油灰遍布，布满了细微可见的蚊蝇。斜斜的灯光，照着暗暗的路，远处不时传来几声遥不可及的犬吠。

敲梆子的声音稳稳当当，断断续续，疏落有致，清长悠远。那笃笃的响声悠悠地飘进清梦，如梦似幻，摇摇晃晃。

清寒的冬夜，这声音带着一股暖流，热气腾腾地化开了愁绪。深夜苦读的学子叫了一碗，吮得油干汤尽，拍拍肚皮，心满意足：“饱了！”浑身的气力归位，向书籍更深处逡巡。

闹别扭的小两口，泪干了，肚皮也瘪了。捧了两碗上来，就上辣椒油，额头上一层细汗，相视而笑，怨怒尽消。

最是那夜里做活的梁上君子，吃得热火燎辣，洋洋自得，从口袋胡乱抓了一把塞到老吴手上，老吴还没看清，他人已经隐没在沉沉黑夜。

每逢霏霏小雨的夜，多少饥肠辘辘的肚肠在等着老吴的梆子声。雨夜，老吴会加料，那沉沉的担子里定温着几壶酒，有几盘红油油的兔肉。老吴的兔肉香辣味美，酥烂可口，是老吴家的绝技，雨天只能半夜做生意，才会做上两三盘。

几杯温酒，碰上色味俱佳的兔肉，窗外的簌簌夜雨扑打着梧桐，此中滋味，妙不可言。

老吴不赌不嫖，不好衣食，老婆也不生养，自无儿孙绕膝，唯爱画眉鸟。对画眉精细着呢，鸟食、鸟笼均是千挑万选。那只画眉漂亮极了，毛色鲜亮，声音尖细，就连抖动羽毛都很潇洒。老吴把它当成心头肉，一天不听它叫几声，浑身不舒服。

这鸟却不见了，老吴回来，鸟笼门洞开。茫茫天空，小小一只画眉，无迹可寻，却又百般不甘。

馄饨吴三天没开买卖，暗夜之中再听到梆子声，软绵无力，黯气沉沉，再不复之前的精神。

“你这馄饨味道可大不如从前啊，今天可不给钱啊！”这位梁上君子吃完便扬长而去。

淡青色月光中的黎明有了亮色，老吴收拾了碗筷，打开挑子，眼睛一亮：那只灵动的画眉站在隔板上，小小的眼神清澈明亮。

馄饨吴在渡口干了十二年，得的胃癌走的。走前想把画眉放生，画眉鸟蹦出笼子，在屋内盘旋了一圈，落在了老吴的床头，老吴摸摸它：“你不想走，我也不想走啊！”

老吴对赤脚医生说：“能不能再挂点水，好点的？”

医生摇了摇头。

葬礼上，桌前一堆零零散散的毛票。

工人说：“这是今年欠的馄饨钱。”

馄饨吴走后，渡口像少了点什么，人来人往，总觉得空了一块，看着别扭，空得心慌。

那年夏天，暴雨下了三天三夜，劈空而来的闪电连绵不绝，一声接一声的炸雷。

雨过天晴，一地水洼，大家出门排水。参天大树被劈倒，几艘渔船也被淹没，那个馄饨棚却还矗立在原地。

有人想试试它到底多结实，用了力气，狠踢了柱子。

棚顶蓄积的雨水顺势而下，哗的一声，透心凉。

一夜葬礼

三娃看见父亲袖子的一角被压着，伸出手把它扯出压平。他的肌肤依然温热，灯照在脸上，有一层微微的白光，细碎且寂寞。额头上的伤疤，刺眼的猩红，昨天摔的，结了一层软软的薄膜。

父亲此刻安详的姿态，像是刚入眠，随时能醒来。等到天光微亮，他还会悉悉簌簌地起床，喂鸡，赶猪，往灶堂里放把柴火，一大碗粥端到桌上，敲门喊："再不喝就凉了，起来吃早饭，吃完再睡。"

三娃现在醒着，他却静静地睡着了，那双磨满老茧的手再也不能下地下田，那具躯体里单薄干枯的灵魂已经溜走。

抬眼看钟，八点五十，给大哥，二姐打完电话才十分钟。时间如此缓慢，院子里有风掠过的声音，房间一片虚空。墙上的时钟滴滴答答，自己的呼吸一起一伏，一片孤零零的寂静。

摩托车熄火的声音刺耳的响亮。

大哥蓝色的工作服灰蒙蒙的，头发上还沾着几缕水泥浆。

“爸，爸，你快醒醒，醒醒，我是大川啊，爸，爸，爸，你醒醒啊，你不能走啊！你好歹看我一眼啊，爸！”大哥摸着父亲苍老的脸颊，猛地把父亲搂到怀里。他的眼神逐渐黯淡，闭上眼，泪水打湿了脸颊，满是尘土的脸沟壑纵横。

二姐电瓶车驾到了水泥地上，咯吱咯吱，硬梆梆的。她牵着孩子急匆匆推门，大哥回头带着哭腔：“二妹，爸没了！”

二姐噗通一声，眼泪滚了出来，再看孩子兀自地站着，压着孩子跪了下来：“快，给外公跪下，外公平时不是最疼你吗？给外公跪下。”孩子明显不太清楚发生了什么，受情绪的感染，低着头，眼睛立时蒙着一层雾。

大哥放声：“爸爸，你怎么这么就走了啊，你还没看一眼儿子，你怎么就走了啊，儿子没让你享一天福，儿子对不起你啊，爸爸啊，儿子不孝，来晚了，儿子无能，没让您享过一天福。”

大哥和二姐两个人呼天抢地，捶足顿胸。呜咽伴着哭声，自带着言语的节奏，每句话的尾音自动拉长形成一种余韵，几句话来回倒腾，越哭越沉浸在自己的氛围里。三娃不知所措，他难受，但无法哭出来，大哥和二姐更像是自己造了个悲情场，他进不去。他刚想学，嗓子不受劲，又咽了回去。他们的哭法极耗力气心神，又没有观众，声音慢慢低了下去。渐渐地，脸上的表情都有些木然。

“三娃，爸就没留下什么话？”二姐起身声音沙哑地问。

大哥也跟着起，几个人刚想去客厅，二姐走到床前，开始解开父亲衣服的扣子，“爸的扣子扣错了，不能让他错着走。”大哥像是酝酿着什么话，鞋子摩擦着地板，拉了一把三娃，低声：“爸的存折放哪了？”三娃摇了摇头

衣服重新扣好，都往客厅走，二姐看见孩子还跪着，拉着孩子一起。

大哥先开口：“爸既然走了，有几件事肯定得说，爸的葬礼怎么个办法，丧葬费从谁那出？爸的钱还有多少，在哪，怎么分配？三娃还在上大学，以前是爸供着，我们帮衬着，以后怎么供？”

三娃听提到了他，不能默不作声：“我大学还剩一年，无论如何得读完，熬了这么久，不能白瞎了。”

二姐攥着孩子的手：“爸这房子是新盖的，当初我们也都出了钱，这房子不能不算在内，肯定是不能卖，免得邻居他们戳脊梁骨，说人一死就卖房。房子的价格怎么折？谁得了房，多了怎么补贴我们，少了我们怎么平均下来。”

起风了，空气变得温良而湿润，树叶萧萧作响，像是无数的蚕虫在啃食。屋内的气氛一时冷了下来。

大哥搬椅子，塌拉着半边身子：“房子可以折作钱，到时候平均下来，多退少补，房间里的东西怎么办？电视、洗衣机等等都是新买的，这些弄房子的时候，可花了不少，这些怎么算？”

无人搭茬，大哥抬头：“二妹，三娃，大哥也不是倚老卖老，我们家情况你们也看见了，我就一建筑工人，要养活一大家子。一间小平房，四口人住，夏天像蒸笼，冬天是冰窖。哪里有件像样的电器，你们嫂子大冬天里还手洗衣服，起冻疮，孩子放假带回来的衣服经常干不了。二妹是护士，三娃毕业也是大学生，这些东西你们不在乎，按说做哥的要让着小的，但今天我就腆着脸要一下。”

三娃被话将得手足无措，嘴唇动了动，终究没说。

二姐撇了撇嘴：“既然爸走了，话要说得明白，一碗水端平。不是说亲了哪个，向着哪个，买电器的钱当初是我出的，说是孝敬爸，那没二话，儿女该做的。哥，你的情况我们都了解。俗话说得好，救急不救穷，谁家的钱也不是大风刮来的。爸每个月瞒着我们都给你钱，真当我们瞎，什么都不知道啊？”

孩子从兜里小心翼翼地捧出一块糖：“妈妈，我能吃糖吗？”

二姐正生着气，没理。

孩子讨了个没趣，自己到角落里剥糖。

大哥脸有些涨红：“话分两头说，爸给我钱没错，难道就没给你吗？你护校毕业，找不到工作，天天哭。爸花了多少钱把你弄进去，大家都心知肚明。我是穷，日子过得不好，但也没到你家讨饭吃！”

“讨没讨饭，你心里还没数，五年前借的钱，早到期了，跟我装聋作哑，说话硬气，行啊，先把借我的钱还上，再来说这狠话。你占我便宜，占得还少啊。去年过年，我掏你们孩子压岁钱，多少？五百。你老婆可倒好，给我孩子一个三百。这算盘都打到自己家人头上了，装什么硬气？”二姐轻蔑的目光盯着他。

“妈妈，糖纸剥不开。”孩子将一块糖献宝般地又拿到她面前。

“去去去，没看妈妈忙着吗？到旁边去。”

天空中隐隐有雷声，风越来越大，树叶哗哗地响，如同被鞭子抽打似的，闪电划过，银蛇般劈开漆黑的夜幕。

三娃搭话：“大哥，你先喝点水压压火。二姐，爸还尸骨未寒，别吵了，把孩子都吓着了，有什么事商量着来。”

二姐一肚子气没消停，听到这话：“你装什么老好人？全家就你干净。去年在我这边左磨右磨，不就是想爸的过年钱让我替你出吗？我拿了个一千二算我给爸的，又给了你三百就当你孝敬爸的。你怎么干的，路上就把我给的二百抽了，变成了我给一千，你给五百。合着，我出了钱也捞不着好，到底是大学生啊，办事真有水平！”

大哥站了起来：“这些家具电器价格现在谁说得清，等到弄好了，猴年马月，我工地天天有活，你也有医院的工作，谁也折腾不起，既然是分家，也别挑肥拣瘦了。把要分的东西写到纸条上，抽到谁算谁的，好的谁也别眼红，孬的自己兜着。

抽好了，把东西都搬出来，明早都拉走，免得再出什么话。”

签抽得迅速，收拾东西也很快，电器，小件的家具，一样样都搬到了客厅。

二姐一拍脑袋：“这样不行，爸的存折放在哪，大家都不知道，要是放在这些里面怎么办？”

又是一通翻箱倒柜。

铺天盖地的大雨像是迟到的姑娘终于到席，发狂的雨点在地上激起一股土腥味儿。夜晚变成了一个疯狂的世界，大滴大滴的雨点万箭穿心般射向大地，雷声将一切都淹没。三个人看着劈头盖面的大雨，都在想明天的葬礼能不能办？

“卧室的窗户还没关。”二姐缓过神。

卧室门口，三个人都呆了。父亲坐在床上，潮湿闷热的空气在浮动，一道闪电撕裂天空，照亮了苍白的脸。他的眼神惶恐疑惑，四周空空如也，地上一片狼藉，这方寸之地如在鬼蜮。

“快，快，打120，爸这是‘假死’，在医院我见过，爸还有救。”

孩子兴奋地爬上床，粉嘟嘟的小嘴亲着他的脸，笑颜如花：“外公，你醒啦？宝宝想吃糖，外公帮宝宝剥糖！”

人间

奶奶

一

奶奶六岁时，裹脚。长长的裹脚布，勒得紧紧，半夜就疼醒了，脑门上豆大的汗珠。太奶奶瞧着心疼，抱在怀里哄：“熬过第一晚就好了，不然嫁不出去。”太爷爷站柜台，祖传干这个，帮主家打理生意，走南闯北，见识广，说了句松话：“孩子难受，就别裹了，现在也不作兴这个。”

太爷爷这话，奶奶记了一辈子。没两年，解放军来了，放脚，裹了脚的姑娘很多已经畸形，一辈子残疾。这点上，奶奶没受罪。

姑娘家家，总得学点啥，不然嫁到夫家，一样也拿不出手，娘家也没面子。太奶奶愁，太爷爷点了一句：“让我闺女学做菜吧，他大舅是做这行的，也近便，这手艺学好了，将来保不准能救命。”

这手艺奶奶从娘家带到夫家，一辈子没撂过。

大年夜，灶里火光熊熊，厨房白烟缭绕，屋内热气腾腾。奶奶穿梭其间，轻盈地挥舞着锅铲。洁净的盘子，不时摩挲着灶台，声音清清亮亮。

菜来了，我一小口，一小口地嚼，心思游离。我得留着肚子，眼神贼溜溜的，望啊，盼啊，来了，来了，满满一大盘，雾气氤氲，近前，温润油亮。西湖醋鱼上桌了，急急地伸一筷子，肉嫩，微甜，入口即化，全身的毛孔都舒展了。我几乎趴在桌上，夹了块鱼肚丝，清鲜甘美。碗里的还未吃完，眼睛却嫉妒地瞟着父母，希望谁也别跟我抢。奶奶拍拍我的头：“别急，别急，当心刺。”又招呼父母：“都动筷子，动筷子，年年有余，年年有余啊。”

西湖醋鱼得用上好的草鱼，奶奶提前一天去选，鱼身得长短适中，选好了，放入网箱，沉入水塘，这叫活水养活鱼。除夕那天，将近黄昏，捞起，杀鱼，刮鳞，去腥。入锅，手上功夫得老道，火候须正好，以三四分钟为宜，再不起锅肉老皮躁，味同嚼蜡。要不急不躁，拿捏到位，出锅，浇上一层晶亮的卤汁，眼前之鱼顿然生色。此时入口鲜香滑嫩，细细品来，酸甜宜人，回味无穷。端上桌，明快漂亮，望之口舌生津，不消一会儿，吃得盘空碗光。

去大学前夜，她为我送行。那天停电，搬板凳，坐在庭院，手持蒲扇，微微摇动。一盘糖醋鱼端来，我举筷，清淡月光下，鱼嘴竟在微微翕动。那天的鱼肉胶而烂，较之往常的酸甜，别有滋味。吃完，还未起身，电不期而至，屋内一片雪亮。

奶奶做红烧肉也是一绝。放学归家，远远地便嗅到滋味。

掀开锅盖，白气洇然，一锅红烧肉，色泽诱人，丰盈欲滴。书包尚未放下，急急地用手指拈起一块，滚烫，唇齿间渗出丝丝汁液，咬在嘴里，酥嫩筋道，鲜香滑润。

奶奶在身后嗔怪：“用筷子，用筷子，你那猴爪子，不嫌脏啊！”

一小碗红烧肉配一碗白饭，吃得呼呼生风，一片狼藉。妙的是舀一勺红烧肉的汤汁，细细淋进白饭，红白相映，煞是好看。拌匀，入味，清淡白饭，立时滋味无穷，舌尖香气四溢，即使无佐菜，仍吃得香津津。

奶奶做红烧肉时要静，谁也不敢打扰。厨房清寂，烟火腾腾，她就在一团朦胧里守着。掌握红烧肉的火候是门功夫，红烧肉要熬得久，这样才味浓汁香，但不能过，不然肉老发柴，食之无味。奶奶熬得红烧肉盛盘，皮糯肉香，肥肉酥软，瘦肉清爽，我们吃得大快朵颐，她的衣服却一层汗湿。

奶奶炖肉不放酱油，用自家做的酱。做酱是个细致活，要精心。黄豆煮熟剥皮，晾干，细细地捣碎，发酵。曙色微晓，奶奶便将酱缸搬出，老旧的椅子，砰地一声，酱缸置于其上，唰唰落尘。天时好，阳光明亮，空气里微微酵香，暮色四合，抱回去，鼻尖有暖意。

金黄豆酱，洁净玻璃瓶，舀一勺放入锅中，红烧肉醇美生色，有浓香。这样炖出，肉质紧实，酱香酽然，润而不腻。吃一口，舌尖绽开花蕾，美极了。清凉夏夜，雨声虫声，空气晶明透亮，一家人围坐看电视，一大盆红烧肉，一瓶酒，轻盈地享受。

二

幼时，一到炎热夏日便闹觉，不肯午睡。奶奶来哄：“快睡，快睡，醒了有绿豆汤喝。”我安静了，假装闭眼，假装，假装，沉沉进入梦乡。醒来，额头一层汗，窗外树影摇曳，屋里空空旷旷。进厨房，大大的木桌上摆着白瓷盆，浅浅的水上浮着一碗绿豆汤。端出，色泽湛清澄碧，入口冰冰凉凉，香醇清爽。

大口大口地饮完，房前屋后寻不见奶奶。邻居见我喊得焦急说：“到串河桥去找。”串河桥是座小桥，石狮子小巧玲珑如玩具，嘴里的珠子圆滚滚，我用尽力气也拔不出。桥下溪水潺潺，汩汩流水声悦耳动听。奶奶果然在，她两个裤脚挽着，屈着腰，捞螺蛳。一到夏天，螺蛳众多，洗净污垢，放锅爆炒，加入油盐。用针，细细挑出螺蛳壳中肉，味道又鲜又香，很是下饭。母亲食螺蛳，喜欢吮吸，一下一下，声音响亮。

我大声喊奶奶，她直起身，回头，抹了把汗，笑着说：“醒啦，绿豆汤喝了没？”我点点头，坐在岸边，静静地看着奶奶忙碌。蜻蜓飞到我的眼前，刚想抓，倏尔就飞远。蚂蚁在搬家，一群，一群，黑乎乎的身体上背着晶莹的白粒。水底有蚂蝗，蜷缩着身体前进，慢慢蠕动。

奶奶哎呀一声，清净的溪水一股鲜红。她踩到了水底的玻璃碎片，血流如注。我扶着她，一瘸一瘸地回了家。她的手撑着我狭小的肩膀，湿漉漉的。打了盆清水，洗去脚上污垢血迹，抽屉里取出红药水，慢慢地擦。猛然觉得身上有眼光，她笑着说："孩子真是大了，懂事了。"

奶奶做了一辈子菜，自己却极少食肉。她吃得清净，夏日，一天三碗粥，就上小咸菜；冬天，梅干菜淋上小磨香油，软白米饭，迅速吃完。爷爷早逝，她一人抚养四个子女，那时候有点肉菜，得近着胃口绷紧的儿女；到了晚年，每逢上桌，给她递肉，她必夹回："老了，牙不好，咬不动，你们吃，你们吃。"

母亲上次来看我，我询问奶奶身体，母亲叹了口气："她头上有两根筋疼，没精神。"我安慰："毕竟要八十岁的人！"母亲急了："你看村口的五老太太，都八十多了，精精神神，她什么好东西都不吃，精神能好吗？"

奶奶这辈子几无爱好，要说有，早年间是抽烟，到了晚年便是电视。奶奶吸烟四十年，五十九岁时得了小病，医生劝："你这样抽下去对肺不好！"奶奶打定主意：明天戒烟。当天夜里，烟盒空荡，仅剩一根，她怕不够，又买了一包。但从第二天起，整整二十年再未沾过烟。

我好奇问："你戒烟这么久什么感觉？"她思忖一会儿："没太大感觉，你要是现在给我递烟，我还想抽，反正不讨厌它。"

曹雪芹写《红楼梦》说是披阅十载，奶奶比作者强，看电视剧《红楼梦》二十年也不会发腻，而且常看常新。每集《红楼梦》未播到十分钟，她便呼呼大睡，醒来还能接着看。电视是她的催眠音，无电视便无睡眠，遥控器一按待机键，她立时惊醒。

大二暑假我告诉她凌晨五点某某台有《西游记》，那天早起，竟发现她守在电视机前，神态专注，孙猴子活蹦乱跳，她如孩童般，看得神采光然。

奶奶睡眠极少，一夜数醒，天竟未亮。我尚在香甜梦乡，她已忙碌在青翠菜园，菜蔬还挂着露珠，她眼到手到，盘算着早午饭。我一起床，她便说："快去刷牙，看这小菜，吃得就是这个鲜嫩水头。"

暑假，我会随她捉泥鳅。河在坎下，柳树摇曳，溪水清清，河底小石明晰可辩。要眼尖，见着泥鳅洞，手迅利钻进洞里，静亮湖水一阵浑浊，随手便把它扔进盆里。泥鳅灰白肚皮，浑身滑腻，乍进盆，嘣嘣地跳。艳阳暖暖，溪水温热，蹦跶的泥点溅到身上，丝丝凉意。摸熟了，眼睛逡巡着冒泡处，一逮一个准。

傍晚，四野静寂，孩子游泳，男人们在柳树下挥扇纳凉，炊烟袅袅升起。奶奶拍打泥鳅的头，一把锋利小刀切开肚皮，洗净内脏，裹上淀粉，锅里的油吱吱作响，哗的一声，下锅，炸得酥脆金黄。轻轻的一口，外焦里嫩，直吃得嘴里呼呼热气。泥鳅也可清炖，汤色乳白，一层焦黄的油脂，小小的一勺，五脏六腑俱暖。

每念至此，便觉亏欠。奶奶尊严倔强，即便夏日大忙，她做好一桌菜，也绝不伸筷，而是走进小屋，自己吃自己的。如何呼唤，也不上桌。近些年，体弱身贫，渐有几分依赖儿女，这才一个锅里吃饭。青春年华便丧夫，一人喂养四个子女，田间农活，家长里短，孩子冷热，她一人承担，倘无倔强脾性，也难支撑艰辛岁月。

2012年，她胃肠不适，母亲不安心，带她去检查。医生和颜悦色："要是实在不放心，做个肠镜吧。"楼下排队，交费，一打听还得等到下午。

幽长走廊，座椅冰凉，奶奶有些不平静："不做了吧，我肯定没事。"然后话语又柔软一些："我觉得我没事。"

母亲安慰："即使没事，做做不也放心嘛，再说钱也交了。"

她似孩子般，恐惧与害怕如此透明，借口又如此拙劣。

她进去了，白色的布撩开，母亲松手。

刚出来的老太太，吐得浑天黑地，儿子在她的背上轻轻抚摸。

母亲吓着了："有这么厉害？"

她儿子回答："进去才知道，这肠镜好像七十岁以上的人不适合做。"

母亲闻听此言，眼有些黑，使劲攥着我的手："这可怎么好，这可怎么好？别出事啊，千万不能出事。"

母亲来回地走，火辣辣地焦虑。

奶奶出来，母亲赶紧去扶。

"没事吧？"

奶奶脸色透白："没事，就是有点难受。"

母亲去买水，我搀着她一层层往下走，脚步颤颤巍巍，额头一层汗。

她有些勉强地笑："不做了，再也不做了，太吓人。"

医生接过片子，来回地扫，微笑着说："挺好，都挺好，没啥毛病，人老了，肠胃不适也正常，机器用久了不也得磨损。"

出来，阳光和煦，几个孩子在追逐，呼呼地跑远。

她有些得意："我说吧，我没事，就是你们瞎操心，看，花了冤枉钱。"

母亲独自回家，我陪奶奶在二姑家歇一夜。

扶她上床，她眼神涣散。

我看出不对劲："怎么了？"

她悠悠地说："家里的鸡不知道怎么样了？当初花一百多买的，多好的鸡啊，别养瘦了。你妈又不懂，再养坏了。"

"不就一晚嘛，你瞧你，地球没你就不转了？"

她想了想，自己噗嗤一声乐了。

洗漱完，轻轻进卧室，她已经睡着了，额头舒展，细密的皱纹粗糙松弛。

我去拉窗帘，阳台上，一片雪亮月光。

三

2015年，二舅罹患腿疾，我携着礼物出门。奶奶看见，堆满孩子似的笑，讨好地说："我也去，我也去，你等着我，我去拿头巾。"

天色乌青，水红的晚霞，枝头上暴烈的蝉鸣。泥泞土路，她新鲜地打量一切，脸上洋溢着出门的欣喜："就该常出来走走，老憋在家里，迟早憋出病来。"

到了，白色的小猫越过门槛，直窜出来，亲昵地磨着奶奶的裤腿。这只小猫，奶奶养了三月，二舅见其可爱，讨了回去。

分离近半年，猫还识得主人，奶奶俯身将其抱起，它舒服得眼睛微眯，伸出粉红的舌头舔着粗糙的手掌。奶奶怀抱着它和舅妈打招呼："重了，也沉了。"

舅妈笑着说："刚到这，整天躲在门洞，人走了才出来，这段时间大摇大摆，这是习惯了。"小猫在怀里甜蜜地"喵，喵"，叫得异常柔软。舅妈领着我们进门："别看它小，倒是认人哩。"

舅舅躺在凉席上，双腿直直地，破旧的电风扇在摇头，不时地啪嗒一声响。奶奶近前，摸了摸舅舅的腿，细致询问情况，眉头紧锁，呆呆不语，不时抚摸着手上的猫咪。

我怕情况尴尬，说了些家事与笑话，瞧得出来舅舅应酬的笑意。电视打开，齐刷刷盯着闪光的屏幕，避免沉默的空气。

回去，天色已晚，地上有了露水，湿滑。我背起奶奶，轻飘飘的，奶奶在我耳边说："奶奶老了，骨头轻，不中用了。"

月色如银，清白月光下，我们的影子长长地拖在地上。轻轻地放下奶奶，转头，白色的小猫活脱脱地立在身后，昂着头，脸上都是娇嗔。

隔天，奶奶递给我一个破旧的作业本。封面上几行大字，歪歪扭扭，细看，都是药材。我上街，顺路买回。她忙了几夜，捣碎，蜜调，做成膏药。

"你给你二舅送去，贴到腿上麻痒处，不可沾水，不能吃辣，两天一换。"

黑乎乎的一片，颗粒突出，面相狰狞。

我有些担忧："这事还是别揽的好，治好了倒还罢了，治差了，就结下疙瘩了，谁心里也不舒服。"

奶奶推了我一把："你快去，你要是不去，我去。"

一路上越想越不妥，甚至想把膏药扔了，回去告诉她已经送了。

到了门口，硬着头皮进去。

舅舅病愈后，要请一桌，奶奶摆摆手：“费那个事干嘛，就在家吃。”

那天，她在锅沿灶台边忙了一下午，桌上的首席一直空着，那是她的座位。舅舅喝了一瓶，脸涨红，握着亲戚的手：“人啊，就不能生病，一病起来，心灰。”

我出来，厨房里烟雾未散，她握着丝瓜瓤，一圈一圈，在刷锅。

傍晚，她赶鸡，躁动的鸡迟迟不肯归巢，她拎着一根长竹竿，“咽咽”地叫着，几只鸡被围得腾空飞起又落下，扑扑的灰尘。

我有些疑惑地问：“你怎么知道那药能治？”她长竹竿继续挥：“我爸，也就你太爷爷常年站柜台，也得过这病，一个个偏方试出来的。”

一只鸡从她的围圈中漏了出去，她蹒跚着脚步去追，额头上一层汗。夕阳照着她单薄的身影，鸡突突地往前跑，野风拂拂，沉静凄迷。

有段时间我会做梦，梦见她的身影，孤零零，一直走，转个弯，再也寻不见。这个梦会重复，会清晰，醒来，一层层的不安。

年初，去烧香，空旷旷的大殿，烟雾缭绕，我跪下，心如乱麻，一个愿也许不出。出来，一个老奶奶带着孩子，声音肃穆："跪下，闭眼。"

孩子跪在蒲团上，调皮地睁开眼，瞧着我，脸上稚嫩地笑。老奶奶起身，孩子噗噗地朝我跑来，清澈的眼睛，水汪汪的，浑身一股甜腻的奶气。我掏出一颗糖，她嫩嫩的胳膊接了去，回身，又钻到奶奶的怀抱。

"你刚才许的啥愿啊？"老奶奶轻声地问。

"我希望奶奶长命百岁。"孩子的声音清脆地甜。

记忆猛然打回从前，那时看多了狐仙鬼怪片，受其感染，亮莹莹的月光下，跪地祈福，一样的心愿，不同的地点，宛若轮回。

绕着寺院转一圈，明清古建，砖木结构，雕梁画栋，几株大树参差立于院中。由小门而过，花木疏朗，靠门的青砖，布满苔藓。

暖暖的阳光，一张躺椅，师傅喝茶，嘴里叼着根烟。我瞧着他，他盯着我，目光虎虎的，我移开眼睛，转身走开。

回到原点，炉烟袅袅婷婷，凑近，我点的香已燃尽。

迈上台阶，瞅见那老奶奶背着小女孩，在跟小贩讨价还价，有些吃力。我走过去："好孩子应该自己走路，你看奶奶都累了。"

她有些不愿意，过了会儿，自己下来，牵住了奶奶的手。

下山，等车。一群人刷手机，仰头看天，小女孩缓缓地过来，拉着我的衣角："叔叔，给你一颗跳跳糖，放嘴里，可好玩了。"我接过来，一直握着，上车，摊开手，一层汗。

车身晃当，走走停停，眼皮发沉，又回到了那个梦：万物静寂，月色如银，她瘸着腿，在桥上，一步步地走远，走进了沉沉黑夜。我奋力追赶，怎么也追不上，伸出手，噗通一声，我掉进了湖里。

我猛地睁眼。

回来，我给奶奶剪脚趾甲。那时她正头疼，我进去，屋内的炉子刚煎上药。

握她的手，瘦得皮包骨头，苍老的皮肤摸上去像沙粒。我取出指甲刀，捧起脚，她腼腆地笑。脚趾甲，厚厚一层，弯进了肌肤，我轻轻地剪。抬头，她的眼睛已经合起，人斜斜地陷进靠背。

我不动，她的脚停在我的腿上。

她睡着了，轻轻地打鼾。

午后阳光柔柔地照着，电视里《红楼梦》还在播。

药材的汁水噗噗地顶着锅盖，她惊醒：“剪完了？”

外婆的棺材

2003年春节，大雪纷飞。我们一家去给外婆拜年，肿瘤已把外婆的肚子撑圆，她搂着我问：“你说外婆会死吗？”我怔怔地说不出话。

窗外银白空旷，屋内的棺材黑漆漆，我有些怕，钻进了母亲怀里。

外公因疾病故去后，外婆便找人打造了这副棺材，横亘在她的屋内近二十年。

幼时的我顽皮懵懂，捉迷藏偷偷躲进棺材。外婆发觉，揪着我的耳朵一顿数落，松手后悠悠地叹气：“那是我待的地方，你小孩子家家的，进去不好！”我不明所以，但我点头，耳朵好疼。

棺材是村东头的李木匠打的。他瘦高个儿，大脸盘，身上常年散发着刨木花的香味。我们这群孩子都怕他，看见了就远远地避开，仿佛他身上有鬼气，无意撞到，心里都惴惴的。他家在村东头的河边，门檐低低的，养了一群鸭子，硕大肥美，常年在水中浮游，下雨天便上岸来刨食。

他的门前堆着层层叠叠的松木，经久不用，树皮剥落，露出洁净的木色。松木味淡，木纹大，刷上油漆干净漂亮，是做寿材的首选。上好的人家会选用楠木，自备材料，那是极奢侈的。再次的小门小户也不能用柳木，柳树飞花而不结籽，意为绝嗣，有损后人。

棺材七天便打好了，上了油漆，干透了，送过来。母亲说，外婆那天放了鞭炮，还发了水果糖，孩子吃得美滋滋，外婆躺在棺材里一会儿，意思是自己已经死过了。这幅棺木便停在了家，静静地立在那里。

我四岁时，父母外出做生意，顾不得我，把我寄放在外婆家里。

外婆的生活很冷清，每天煮粥，炒青菜，炖鸡蛋，看着我乖乖地坐到桌上，瞧着我一点一滴地吃完，亲自检查碗底是否干净。桌上有漏米撒饭，她便吓我："你这样，将来娶老婆只能娶麻脸的。"

等到她点头，我一溜小跑出门疯玩。蜻蜓的眼睛鼓鼓，翅膀薄薄的，会动；白蝴蝶好笨啊，弄张白纸就随着我跑；溪水里的小龙虾，装腔作势，张牙舞爪，我抓着它的背，它红色的大钳夹我，皮破了，我哭了。

外婆夜里给我洗衣服，坐在小板凳，吭哧吭哧，夜里她舍不得电，油灯晃晃的，有时，我凑近，她脑门上亮晶晶，一层汗。她将我的衣服洗得干干净净，叠得四四方方，整整齐齐。孩子爱玩的心挡不住，傍晚进门，一个泥娃娃回来了。

母亲给我织了件毛衣，我舍不得穿，每夜睡觉，把它蒙在脸上，贪婪地嗅着，那上面有妈妈的味道。外婆夜里要起好几次，偷偷地拿开毛衣，试探我的鼻息，她害怕我窒息。我的睡眠很轻，她一动，我就醒了，但我不睁眼，不说话，她粗糙的大手碰到我的鼻子，毛毛的，我的心里软软的甜蜜。

外婆会往未熄灭的灶膛灰里埋些红薯，蚕豆，我到家会扒开，剥去红黑相间的皮，一股焦香，咬一口红薯，甜丝丝的。夏夜蚊虫遍地，暑气躁人，她拿着蒲扇轻轻地给我扇，凉风习习，直至我睡着。半夜热醒，任性地喊："外婆，外婆。"她"哎"地一声，携着蒲扇，笑眯眯地来到我的床边。

母亲要接我回家了，外婆一声不吭，不断地往我包里塞东西，塞完了，拎一拎，继续放，又拿出几件，又塞，折腾了一宿。她给我做了两双千层底布鞋，白底黑梆，小巧精致，针线密密的。我试了一下，很合脚，走路像踩在棉花上，软乎乎的。

她整了整我内衣的脖领子："回家要听妈妈的话，妈妈爸爸很辛苦，你已经四岁了，是大孩子了，要懂事！"她说着猛地抱住我："想外婆了，要记得来看看！"她的眼泪润湿了我的鬓角。

母亲来了，亲了我一口，在我脑门正中用口红涂了一个圆圆的太阳，我抱着她，不愿下来。我们走了，坐着拖拉机，尘土漫天，外婆佝偻着不断挥手，她的背后是一片荒凉的泥墙土屋。

外婆得了肿瘤后，几番治疗，皆无果，圆滚滚的肚子上有道口子，不断有脓水流出。

她太寂寞了，谁要是和她聊两句，她兴奋得眼睛发光。她的眼里谁都是好人，她晚年聊天的口头禅是：我有一个秘密，只跟你说。那件已经千百次讲过的事在她的嘴里又栩栩如生了，仿佛就发生在昨天。

有卖散装桂圆的路过，她拉着人家唠叨：“我这病，疼啊！”人家是做生意的，就坡下驴：“您吃了我的桂圆，病保准能好，您试试！”买了两袋，儿女回来，又是一阵埋怨，买的价格是市场的两三倍。她低着头，像做错事的孩子，一声不吭，眼睛瞟向我，我在地上玩着红色的小汽车，没说话。

外婆走的那年，不断地喘、咳嗽，水米不进。母亲随身照料，有好心的邻居问：“你妈妈怎么样了？”母亲还有些开心：“今天已经不喘了，比昨天好多了。”邻居骇然变色：“快准备寿衣，你妈妈这是要走了，她不是不喘了，她是没力气了。”母亲瞬时瘫软。

我刚放学，亲戚在校门口风风火火地接我去外婆家。我的外婆已经躺在了那里，躺在了冰凉的床板上，那口多年前就量身打造好的棺材就在她的身旁。母亲强迫我跪下，声音里都是哭腔：“妈，妈，孩子来看您了，您睁开眼啊！”

屋子里挤满了亲属，我背着硕大的书包晃晃荡荡，不伦不类，母亲突然把我拉到了一旁：“你作业写了吗？”我被这话吓着了，外婆即将咽气，我的母亲此时却关心起我的学业。我摇了摇头，母亲把二舅拉来，让他送我回去写作业。

作业写了一小半，电话便来了，父亲说：“今晚，我们不回去了，你自己锁好门。”电话里传出一片哭天抢地的声音，我问父亲：“外婆走了？”他说：“对。”

挂了电话，我的眼角垂出泪来，但不知怎的，哭不下去，心里空荡荡的难受，我不知怎么表达。家里好静，冷冷的夜，我坐下继续写作业，后窗的树上幽幽地传来几声布谷鸟叫，像哭泣，像哀鸣。

多年后，我问母亲，你为什么让我归家写作业？母亲脸上写着茫然，她已经忘却了自己这个决定，她说她不知道。

葬礼第三天，桌上满满当当的零食小吃，一屋子的亲戚跪着，在嚎啕，在呼唤。一声礼毕，一群人猛地冲向桌子，母亲抢来满满一怀抱食品，我拿了一个袋子，倒了进去，她的脸上泪痕未干。

外婆走后，母亲看不出明显的波动，日子照常地过。

父母一次大吵，母亲愣愣地，使劲地搂着我，声音戚戚：“你外婆走了，妈妈没家了。”我抚摸着母亲的背，想安抚她，嘴里却蹦不出一句话。

二十岁那年，收拾屋子，从抽屉里翻出好些外婆照片。我细细地看。

母亲也凑过来，我们俩相互比较着哪张照片好看。

比较到最后，相对无言。

母亲对我说："你别刻意去想，不想，她就和活着一样。"

受骗

母亲叮铃铃的来电惊醒了我微薄的晨梦。电话那头声音轻细细，小心翼翼问我，能不能给她打些钱？

我昏沉沉的脑袋瞬时清明，担心家中有事，她遇上骗子。再问下去，她的声音颤抖："你是不是觉得妈妈没用了？只能被人骗。"电话挂了，嘟嘟的盲音，我愣在床上。

母亲被骗过，四年前，二姨腿折了，她去照料。惯于农村生活的她，对这座钢铁森林的城市怯生生。菜场买菜，母亲扒拉，想挑选些鲜嫩的，菜贩子几笔生意未做成，有些愠怒："你买就买，不买就走，有你这么买菜的吗？你扒得乱七八糟，我还怎么做生意。"

人围成一圈，越聚越多，菜贩子越数落越兴奋，母亲被话压得如犯错的小学生般低着头。一位大姐将母亲拉到身后，大声相对：“你本来就是卖菜的，还不让人挑了？大商场的衣服还让人随便试呢，试过就卖不掉了？”菜贩子自知理亏，不吭声，大姐拉着母亲，大步流星，迈出人群。

路上交谈，越说越近，神奇地发现住在同一小区，惊异地察觉原来她的老家与我家曾只有一水相隔。在这座陌生的城市，熟悉的地缘与口音让两人越来越热络，聊起家乡的山山水水，故人旧事，母亲很温暖。

大姐趁热打铁，说孩子结婚买房，有几万块钱的缺口，借母亲点钱，年底还清，欠条都事先打好了，工工整整，摆在桌上。钱到手，大姐就不露面了，再到楼上打听，房子是租的，早已人去楼空。

那几天母亲的精神软了，整个人蔫了。几天后，父亲闻知消息，闯进二姨家中，他的易怒脾气本想发火骂人，见到瘦了一圈、眼睛通红的母亲，没说话，摔门而去。日后，父母有争端，提到这事，母亲便怒目相对，冷冷的。久而久之，父亲闭口不言此事。

这是她心中的痛。之后再有亲戚借钱，她夜里必定辗转难眠，权衡许久，和以前判若两人。记得大伯生病，她麻利地把家里的一半积蓄拿了出来；邻居之间针头线脑，代买豆腐猪肉，她垫付的钱不计其数，别人掏钱包，她摆摆手：“下回再说。”被骗的母亲脆弱敏感，狐疑地打量着每个接近她的人。

之后父亲得肺炎，我们俩陪床。阴暗悠长的走廊，昏黄的灯光，母亲居然怕，紧紧地搂着我的胳膊。我看着她迈着虚浮的脚步进厕所。出来后，对我腼腆地笑：“妈妈是不是太没用了？”我印象中强悍的母亲似乎一夜苍老。

母亲曾是村里最胆大的女孩，在天光渐亮的清晨，驮着满满一麻袋谷物蔬菜，去街市摆摊。冬天的早晨，天黑得如墨一般，脚趾冻得生疼，她呼哧呼哧地骑着自行车，穿越大半个城镇。

那一年，父亲随亲戚去南京工作，家里的农活都压在她肩上。晨曦即起，养鸡喂猪，天色黑透，依然穿梭在稻田里喷洒农药，夜色昏沉，蚊虫成群，淹没了她忙碌的身影。

邻居说蚂蝗有人高价收购，她带上矿灯去捕捞。沉沉黑夜，一灯如豆，她在坟茔旁的小溪间穿梭，此处蚂蝗最多。时不时有莹绿色的鬼火窜出，魂飞心跳。凌晨两三点，我朦朦胧胧中能听到她沉重的脚步。她进门给我掖了下被角，悄悄地退出，又接着劳碌。

我问母亲：“你不怕吗？”母亲含笑：“怕啊，但得赚钱啊！”

大学寒暑假归家，我会带些反传销，讲解骗术的视频。母亲精精神神地看着，时不时地点评：“不贪心，就没事儿。”看到末了，总会跟自己撇清关系，神色郑重：“我不会被骗的，你放心。”

寒暑假结束，要回学校，她怏怏地：“你一走就不热闹了，家里就空了。”

上月她来看我，带了一只草鸡。厨房里她仔仔细细地杀鸡，拔去皮毛，开水去腥，放入葱姜。温火舔着锅底，汤色渐白渐浓，咕嘟咕嘟，香气四溢。

这场景，我渐渐回到幼时她做猪头肉的画面。沉沉一只猪头被拎回家，滚烫热水浸泡，除腥，去毛。加花椒，大料，茴香，料酒，煮得滚烂。除骨，待其稍稍冷却，细细切成片，色泽白嫩，香味浓郁。我年少心性，哪能容得了它上桌，先来一筷子，肉香悠长。如此美味，立刻打破自己心中只夹一筷子的暗暗誓言，一口接着一口，非等到母亲呵斥方才罢手。

农村的生活热闹火炽，薄暮时分饭桌摆于小巷。黄昏夕照，人声渐沸，厨房里清油入锅的声音噼里啪啦，缭绕的油烟气息诱惑着饥肠辘辘的肚皮。摆上一海碗堆得冒尖的白切猪头肉，二两烧刀子，一碟酱油香醋。肉香扑鼻，酒味醉人，入眼皆馋。

“张家大哥，回来了？”

“回来了！吃着呢？”

“来点？”

“那我就不客气啦！”

满满一筷子猪头肉，蘸上香醋，酥嫩可口，肥而不腻，美美地来上一杯酒，整个人都安慰了。

“不是我当面夸你，你这手艺，啧啧，没的说。”

“嘿，你们二位倒喝上了，来来来，添双筷子，我们家那口子回娘家，这下晚饭有着落了！”

不消一刻，只够坐三五人的小饭桌围观者必有七八人，从家长里短，神仙狐怪到反腐倡廉，国家大政方针。呵！就没有他们不谈的。

当然，嘴不能闲着，见缝插针来这么一筷子，肉香和着酒味，八卦混着闲谈，如此便可消夜。酒到微醺，菜至见底，便起身道谢而去。

“今天谢啦，改天到我家，家里孩子送的好酒，到时我请你。”

“明天还上班，先走了，有空上家玩。”

“来，我帮你收桌子！”

人群四散，小巷里只剩下静静的虫鸣。

浓汤噗噗地扑打着锅盖，我回到现实。氤氲热气里，她盯着我，叹了口气：“你瘦了。”饭桌上，她说隔壁王二家孩子，爸爸生病，她妈打电话，那死孩子理都不理，你将来不会这样吧？我嘴里塞着鸡腿，连连摆手，含糊不清地说：“不会，不会。”

下午天气预报说有小雨，她收拾收拾说要回家。我劝她：“在这待一夜，明天再走。”她有些为难：“在这待一夜，明早谁去卖鱼，又耽误一天生意，见过了就行了，妈妈下次再来。”她摸了一下我的侧脸：“照顾好自己。”

我送她，她不断回首：“你回去吧，回去吧。”车来车往，她淹没在人群。我蓦然发觉她一头乌发已白丝点点，感觉好久没认真看她，她就这样消失在黄昏的暮色里。

她老了，我还年轻，我年轻得听不到她的声音。

早上起床后，我没再拨电话，直接将钱打了过去。

日子

母亲披头散发，满脸泪痕，手上的农药瓶幽幽地泛着蓝光，白色的瓶盖遗弃在一旁。她轻轻地咽下两口，顺势递给幼年的我。浑浊的液体刺鼻难闻，不对孩子的胃口，我滑过了死神的诱惑，没心没肺地躲过一劫，蹦蹦跳跳去摘茄子，母亲的房门在身后暗暗合上。

父亲石头般怔在那里，母亲躺在床板上嘴角抽搐着泡沫，一群跳大神的乌烟瘴气，围着，蹦来蹦去，夸张得如同戏台上的黑白无常，嘴里念念有词，声音一惊一乍。我攥着母亲的手，颤抖地看着她的眼珠渐渐泛白，她的神情悲伤而绝望。外婆蹒跚而至，瞧着一屋子的牛鬼蛇神，砰地一声，给了二舅响亮一巴掌：“喝了农药就去洗胃，信巫信神，真想把人弄死啊！”打的是自己儿子，事是做给父亲看的，父亲再看不出个眉眼高低，那就真傻了。手忙脚乱，叫了小艇，驰向医院。

盛夏，每一片绿叶都闪闪发光，湖面被水草遮蔽得密不透风，几条死鱼倒着鱼肚白引来一群蚊蝇嗡嗡作响。父亲被倒吊在那里，围着的都是乡里乡亲，场面极是难堪。奶奶冷冷地瞅着，默不作声，她有自己的小九九：这是陋规不是国法，按陋规媳妇不明而死不过被娘家人倒吊鞭打一顿，失了面子；如果按国法，父亲跳进黄河也洗不清，有可能进监狱。两者之间的分量，奶奶拎得清。

倒挂着的父亲面色涨红，上衣抖落下来，露出大半个肚子，像是俯首就擒，怏怏待宰的猎物。二舅拎着油亮的皮鞭，甩动起来，破空之声，嗖嗖作响，一股寒意。二舅嘴里大声嚷嚷："我妹子好端端的人嫁到你这里，断了气儿出来，杀人偿命，欠债还钱，别怪我手黑。"明眼人心里亮堂堂，这是说给围观者听的，讲明打人的合理性。下手也不是没轻没重，嫁出去的姑娘泼出去的水，娘家人要的是面子，打伤还好说，打残了，这辈子的怨仇算是结下了，邻里邻居，谁都有备不住求谁一把的时候，今日留一线，日后好相见。所打之处，多是大腿屁股这些皮糙肉厚之处，打得疼，但打不坏，瞧着下手狠，关节都在此处。闹了大半个下午，四姨从医院尘土扑面地赶来："别打了，小妹还有救，快把人放下来！"

母亲在家中属老幺，农活家务，哥哥姐姐担了，越是老幺越招人疼；奶奶生养了四个儿女，父亲也是最小，对烟火日常处处懵懂。两人结合之初，日子过得磕磕绊绊，紧紧巴巴，谁都不会持家过日子，吵架拌嘴家常便饭。

爷爷早逝，撇下一屋子幼童，适时父亲才咿呀学语。奶奶一个妇人挑起五口人的衣食，此中艰辛，可以想见。因为无父，他遭受的欺凌白眼不计其数。是时村里刚通电，家家户户埋水泥柱，安电灯。年幼的父亲跟着村干部的屁股后面溜溜走了一天，还是无用，全村皆亮，唯独我家，漆黑如墨。

父亲性格的种子由此种下，自立自强，睚眦必报，谁也别想动他一下，似一只愤怒的刺猬，浑身炸着毛，锋利地和这个世界匕首相对。十四岁闯江南，没白天没黑夜，手巧，学会了百般技艺，自行车，摩托车，电视机，电冰箱没有他不会修的。白天上班，夜晚摆摊修理，为了对付漫漫长夜，打起精神，吸烟恶习就从那时候埋下的。看不懂图纸，仅凭聪明能干，当上工程师，后几经沉浮，跳槽，创业，败北，及至回乡娶了我母亲。

父亲的性格沾点火星就着，既不容忍也不退让；母亲自小被外公外婆宠爱过甚，哪里受过这个。八九十年代农村风气未开，陈旧闭塞，离婚断无此概念，此举更会令父母脸上无光，家族蒙羞，心里一窄母亲便走上了绝道。

日子穷，父亲还染上了赌博恶习：推二八，那玩意儿刺激，直接比点数大小，一分钟两三把，一天下来的输赢对于一个家来说极是骇人。

母亲去镇江上班，父母异地，家里就我们父子俩，我早起上学，睁着迷蒙双眼，打开房门，客厅雪亮，一地的烟头，雾气缭绕，一股窒息的味道：父亲又赌了一夜。父亲尴尬，随手从桌上塞给我一把钱："自己去买来吃。"氤氲烟气中，我看不清父亲的脸。待到母亲将归，父亲把我叫到一旁，千叮咛万嘱咐，赌博的事千万不可露。我问："那没了的钱怎么说？"他笑了笑："我有办法。"

母亲严防死守终究拦不住父亲的勃勃赌兴，家里日子举步维艰。将近年关，鹅毛大雪，母亲把牙缝里仅有的几十元交给父亲，嘱咐他买肉，好过年关。父亲出门，撂爪就忘，赌兴风发，输了个一干二净。母亲在家中眼巴巴地盼着，等到月上中天，父亲迈着沉沉步伐，双手空空而归。任谁这日子也过不下去！

这是母亲第二次服毒，几尺深的大雪，无交通工具可行。父亲背着奄奄一息的母亲，一步一个脚印，迎着漫天风雪，大半夜送到医院。无钱付医疗费，父亲把自己唯一值钱的表廉价卖给医生。洗过肠胃的母亲悠悠醒来，望着眉毛头发都是雪水的父亲，心也软了。父亲痛哭流涕，床前立誓：永不沾赌。

可是父亲的性格习性暴烈如火，压都压不住，喜欢撒气，通常还波及我。下午归来，父亲瞧到正在玩耍的我，甚是心烦，一巴掌糊了过来。母亲抱紧哭泣发抖的我，摸着我红肿的脸颊，心如刀割，与父亲翻了脸："你要是再打我孩子，我跟你拼命。"

母亲与父亲是两个极端，父亲吵架该吃吃，该喝喝，撒完气楞跟没事人一样；母亲受了气，紧锁房门，绝食，一声也不言语。年幼的我搬着长长的梯子，一脚一脚地攀爬，打开天窗，瞧瞧母亲的模样，害怕母亲自杀。有几次母亲用被子捂着头，我用哭腔叫着，母亲拨开被子流着眼泪柔声说："妈妈没事，宝宝别担心，宝宝乖，去奶奶那住几天。"

这样的日子持续了六七年，生活终究磨合了两人的脾性，去掉了那些有刺的棱角。父亲学会了理家，体谅母亲，收敛脾性，母亲也懂得了如何不动声色地敲打父亲。初中后，家中争吵渐少，父母再无大的争执，那些往事似乎如前朝旧闻渐渐沉底。高中岁月，父亲经常抱怨："以前是我欺负你妈，现在是你妈欺负我，真是报应！"逢年过节还向大姑二姨告状，诸般情形谈得绘声绘色，有鼻子有眼，诉说自己在家中的悲惨地位，令人哭笑不得。

大学录取通知书到了，邮局电话通知去取。阳光好，母亲陪我，回来路上，经过鱼潭，母亲迈不动步。我询问原因，她的眼泪吧嗒吧嗒往外流："那年，你爸就在这里推的我。"我守着母亲，呆呆而立，静默无语。

春节全家相聚，聊起尘封旧事，二姑感叹："我们是真想守着他们过日子，怎么打都没打散，要是现在的小姑娘，早离了。"

"离了会不会更好呢？我的新姑父说不定待你更好。"我似乎玩笑着问。

二姑撇了撇嘴："你问问你奶奶，你看看她肯吗？"

"夫妻当然是原配的好，大过年的说这个多没意思，过去的事儿别再提了。"奶奶一边下饺子一边说。

一些夜晚，我还是会惊醒。母亲的隐秘，痛楚，伤疤，朦朦胧胧地浮现，像幽灵，像悲哀。

有些痛苦我能感受，但不能感同身受，即便她是我的母亲。

老薛

窗外细雨蒙蒙，雷声在云层中轰轰滚动。飘逸柔曼的雨丝像一条条飞舞的银蛇，卷走了那个衣饰鲜明，灰尘扑扑的世界。屋顶上笼罩着一层薄烟，几朵灰色的浮云在天边流浪。

挂了电话，面对密密麻麻的书页，我满眼空白。淅淅沥沥的雨声，敲打得心如潮湿的沼泽，一寸一寸地寒。

起身，穿越过满城的灯火，狂行在黑暗的路途。

姨夫参加薛大娘葬礼，流水席，醺醺醉，与同伴双双跌进湖里，没有一丝声息，只有满湖冰凉的月光晃了晃。

我赶来送行。

一场葬礼，灵堂多了两口棺材。这事儿几十年所未见，村里的老人摇头：薛家这是遭劫啊，过去玩水的人家，拖走的两条人命也死在水上。

薛家人会水，干轮渡，出过大乱子。那年合该着出事儿，太阳像下火一样没个消停，原本像孕妇一样饱胀的河流干涸见底。轮渡在淤泥上一层浅浅的水流上滑行，一辆小艇翩然而至，双方都始料不及，老薛急忙撑着篙子转舵，判断失误，朝着同一个方向倾斜，电光火石之间一片狼烟。

死了四个，老薛命大，蹦到了淤泥上的一个坎，满脸的黑灰。家属来闹，钱的事小，连个尸首都没有。淤泥看着浅，踏进去没个底，心里害怕，没人敢下去。闹了三天，苍蝇盯着淤泥转，只得把浮在上面的衣物尸块草草打捞埋葬。转年，挑河工，淤泥一筐筐地挖到地里肥田。那年稻子，野草疯了般地长，到最后歉收，稻穗竟然都是瘪的。

初次识出老薛不简单，也是雨天。父母办货未归，无法进家门。天色一点点暗下来，滂沱大雨泼天而下，我坐在屋檐下的台阶，雨水一点点打湿了鞋边，心里充满着少年人的怨愤与孤单。老薛穿着雨衣，匆匆而过，又退回来。

我趴在他的背上，狭窄的雨衣显得臃肿，老薛瘦骨嶙峋，骨头硌得慌，乍暖还寒的体温却让我熨帖。他身上的油烟气钻入了我的鼻尖，那时他已经在街头做小贩，卖油炸食品。货车旁净是些吮着指头，面对哗哗作响的油锅流口水的孩子。

把我缓慢地放下，他的裤脚水淋淋。推门，迎面一股肉香，灶上炖着羊肉萝卜。老薛笑呵呵端过来一碗："有福之人不用忙，小家伙，你是有福啊。"我顾不得烫，一饮而尽，又鲜又辣，额头冒汗，那些小情绪一扫而光。

老薛又开火："你慢点吃，留点肚子，给你炸排骨。"

他的手法相当熟练，烫水，沥干，下油一气呵成，行云流水。端出来的排骨酥脆金黄，入口有嚼劲，香脆可口，油而不腻，吃得一片狼藉。

肚子饱了，眼睛乱瞟，瞥见了墙上一把二胡，落满了灰。老薛取下，用纸撣了撣："想听吗？"

那是我第一次被音乐击中，浑身软麻，没了一点力气，整个人沉了下去。一曲《奔马》，气贯长虹，高亢入云，眼前仿佛真有气势磅礴的马群呼啸而过。《二泉映月》如泣如诉，委婉低回，曲子里的月光随着老薛灵动的手汩汩流淌。门外雨声潺潺，室内乐声不绝，我听得如痴如醉。

醒来时，已在家，父亲说，我趴在老薛家的桌子上，睡熟了，他把我背了回来。

"爸，他怎么会那么多，昨天还给我拉了二胡。"

父亲苦笑了一下："他跟你爸不一样，你爸在这生，在这长，根在这，他是下放来的知识青年，在这里娶了亲，回不去了。”

老薛做小贩前几年还行，之后市容管理越来越严，打游击似的左冲右躲，毕竟做不下去。他又去干联防，此地的联防专管夜间的小偷小摸，只有一件大事：抓青蛙贼。

每至夏夜，蛙鸣遍地，戴上矿灯，用上特质的网罩捕青蛙。一晚上五六个小时，蛇皮袋鼓鼓囊囊的几十斤。五六点钟，天似亮未亮，收青蛙的卡车就到了，一夜便可收入二三百。这对于农民来说是绝大的诱惑，暴利在前，屡禁不绝。

老薛做联防也做得不佳，抓到青蛙贼，人家一把鼻涕一把眼泪说老爸癌症，没几天活头了，医生嘱咐想吃点啥就吃吧。老人家就想喝碗青蛙汤，说那东西汤浓汁鲜，看着有胃口。他也是第一次，满足老人家一个未竟心愿。老薛听的眼泪婆娑，当即把蛇皮袋归还，自己掏出了两百，要他照顾好父亲。

联防所的同伴听得合不拢嘴，哈哈大笑。这故事都烂大街了，每年都是这一套，就老薛傻，居然当真了，还往里搭钱。老薛也不争辩：“万一是真的呢？”

联防所做得不顺心，被辞退，之后听说他倒腾过蔬菜水果，卖过药，进过传销，没拉到人，又被踢了出来。与人起争执，不退钱，被打折了腿。

医院就在学校附近，我拎了点苹果去看他。每个病床前都有热闹的家属，只有他冷冷清清，腿打着石膏，阳光斜斜地照着他的脸，苍老憔悴。

显然没有人来看他，对我的到来热情得过分。絮叨了一阵，他脸色有点涨红："你能扶我去厕所吗？"

我搀着他，一瘸一拐地穿过医院冰凉的走廊。他有点不好意思："要不你背过身吧。"一个四五十岁的男人居然如此羞怯。

"大强子他们呢，他们要是忙，至少也得给你请个护工啊，你现在身子不方便。"

"就来，就来，说是下午就来。"他脸上带着勉强的神色。

这是个拙劣的谎言，但我没有戳破。他两个儿子，大强子一表人才，聪明，却不走正道。VCD流行，他到处贩卖光盘。大强子不知从哪搞到一只猴子，给猴子抹上红嘴巴，戴上绿帽子，小爪子上攥着CD包装壳，眼睛圆咕溜丢地看着你，仿佛在说："大哥，要盘不？"就这样挨家挨户地推销。几次被抓进派出所，又被保了出来。

大强子最擅长空手套白狼，能兜里爪干毛净去混广州，干得风生水起，往家里拉彩电冰箱。出了乱子，进了监牢，一说是诈骗，一说是替别人顶罪，众说纷纭。他出狱后四处晃荡，不见踪影。

他入狱形单影只，薛家却人来人往。流星般来的家具电器，流水般地被搬出抵债。老薛初始还急了会儿，之后安之若素，该吃吃，该睡睡。这些债主都被磨得没脾气。

至于二强子，光棍时，对娶老婆这事不屑一顾。到了真正娶亲，粘着老婆不撒嘴，言听计从，也就和老薛越来越生分。

大学再回乡，老薛焕然一新，西装革履，上吊绳似地系着领带，人随色变，到底不同，有了个样儿。大强子陡然而富，村子里给老薛修了一百多万的别墅，异彩华目，富丽堂皇。

农村的炎夏酷暑，热汗蒸人，那时只有薛家有空调。几个老太太相伴敲门，笑眯眯："来找薛大娘打牌。"薛大娘乐滋滋把人往里引："老薛，开空调，把水果端上来。"

大强子意气风发，拿了一千万给村里修路，路以老薛的名字命名，多少年的泥泞铺成了光滑，这是眼巴巴盼着的好事。村干部提着鸡往薛家送，县里的领导，电视台全来了。奠基典礼，老薛拿着烟到处散，满面红光，走路背着手，头发光滑得苍蝇都站不住，镜头面前说不成话，左右都是一个好字。

目送着姨夫的棺材入土，我又匆匆赶回。车窗外，老薛家鲜红的围墙，像是一座孤岛，鹤立鸡群在一片矮墙土屋中，亮得耀眼。

新年归家，薛家门前密密麻麻。一辆车，错身而过，车身鲜艳的横幅：薛××，欠债还钱，天经地义。

一群杂七竖八的人，朝九晚五，固定有车接送。自带板凳，阳光下，打毛衣的打毛衣，下棋的下棋。

“他不是欠我们钱，他是欠我们老板钱，我们是老板雇来的，一天一百。”带头的人解释说。

“老薛他们人呢？”我问母亲

“早跑了，年都不在家过。”

“这都多少天了。那群人也真是傻，随便找个邻居，给点钱，看到他们家人回来，打个电话不就得了，这么兴师动众的，还没效果。”

“没人会做这事儿，你别忘了，你眼前这条路是谁修的。去，到水边淘米去。”母亲把饭箩递给我。

码头在树荫下，杨树的枝叶泛出嫩绿，星星点点的阳光渗下来，一群水鸟掠过湖面四散飞去。

我淘米往回走，麻雀在三两根电线上跳跃，湿润的手指滴滴答答，嫩凉的青草摇摇摆摆，袅袅升起的炊烟融化在一片深色的蔚蓝里。

春天到了，老薛还没回来。

卖茶叶蛋的老奶奶

沸腾的油锅，滋啦啦地响，面饼嘶嘶地变黄，一团热气里，老奶奶手腕抖动，一股薄脆的焦香。急急地咬一口，酥软，鲜嫩，舌尖辣辣地烫。

老奶奶随即坐下，剥蚕豆，眼神时不时地抬起，见有食客直冲冲而来，抖抖身上的碎壳，开火。

隔天，小推车上便多了一样：盐水蚕豆。一块钱，满满一大碗，又咸又甜，就上热腾腾的白粥，呼噜噜，顷刻间盘空碗光。肚子圆鼓鼓，递过两块，她顺手接起，掷到白瓷缸里，清脆地响。

老奶奶出摊时间固定：夏天五点，冬天四点半。太阳收起浓烈的光线，轻盈的黄昏，小推车在水泥地上晃晃荡荡，她来了。

她的摊子摆在小吃店门口。小吃店当街，门口一片空旷地，她小小的推车摆在那，不碍眼。到她这来的，瞧见小吃店的玩意儿，顺手来两串；去小吃店的主儿，闻着喷香的茶叶蛋，也顺便来两枚。生意相互照应着，也是种成全。

老奶奶的小推车上下两层，上面一个高压锅，敞着口。浓郁的汁液，乳白蒸汽不时从锅内冒出，茶叶蛋的壳都被细细敲碎，便于入味。轻轻剥开，雪滑蛋白上纵横交错的纹路，入口清香甘醇，轻轻两口便下肚，滋味无穷。

下层是做韭菜饼的地方，一大盒韭菜，碧绿生青，鲜嫩水灵，随用随取。白粥与碗筷放在车侧，干干净净，亮亮堂堂。没客人，她便木木地看着，看着马路上的车来车往。有熟客路过会打招呼："还没回呢？"她起身答："就回，就回，马上收摊了。"这是句应酬话，她的生意得做到夜里十点。

韭菜饼吃得是个嫩香，现做现吃，凉了就差了层滋味。老奶奶将油烧得四五层熟，面饼煎至两面金黄。嫩叶嫩茎，筋道清香。

四五月份，她会做青团。摘新鲜艾草，取嫩茎和叶，捣碎取汁，揉进糯米粉，作粉团状。汁液渗透，直揉得绿莹莹。老奶奶用的馅料多是豆干，豆沙，恰巧吃进一个牛肉的，喜笑颜开，如中彩一般。热腾腾的青团放在锅中，用小板隔着，下放温水。两块五一个，拿在手上温热，光亮的表皮，糯烫的甜香，咬在嘴里细腻绵软，齿颊生香。

这种食物，小姑娘们喜欢。晚上不吃饭，捧着食盒，一个两个夹进去。回家，倒进白盘，青团葱郁明亮，看着电视剧，细细地一口口咬，咀嚼，香味四溢，身心皆舒。

自己也试过，蒸出来，黏成一团，胶着难分。问过她做法，她淡淡一句：“刷层猪油。”回家再试，有奇效，一个个不再黏糊，清爽分明。

小吃店立在街口，霓虹的招牌，一层油灰，辨不清模样。外面长长的条案，鸡腿、牛杂、豆腐，种种小吃陈列其上，条案尽头堆着一排晶亮盘子。里面是炉灶，供应蛋炒饭、麻辣烫，狭窄的长方形空间，冰柜在角落嗡嗡地响。

开小吃店的是老两口，被买断了工龄，开这小铺面，多少有些进项。老头儿做的蛋炒饭是一绝，老嫩适中，油而不腻。成块的米饭搅散，锅内爆油，大火，鸡蛋碎碎打匀，黄白相间，兜头一浇，一泄如注，白烟泛起，嗤嗤脆音。端上来，酥软金黄，米粒饱满，鸡蛋筋道，葱花翠绿，与素净瓷盘相配，堪称妙绝。

燥热夏夜，来一碗蛋炒饭，就上干脆的咸菜丝，喝着清爽明亮的冰啤酒，心中百愁尽解。

老板娘话少，眼神直勾勾的，盯着锅里的豆腐。有时扶着锅铲，望着地，呆呆的，像是累了，又像放空。豆腐切成薄片，平底锅中热油滚滚，煎至两面金黄，撒上椒盐，孜然。一块钱五片，这是孩子的吃食。孩子吃完，眼巴巴地望着，她会瞟瞟眼睛，示意孩子去找大人。

偶尔，她会一惊一乍，拍拍老头儿："刚才好像多收了人家两块。"

老头没好气地对她白眼："也不知道你怎么做生意的？"

她拍拍胸脯安慰自己："那个人天天来，下次少收他两块，没事儿。"

夏天，小吃店会摆出烤肉。露天烤肉，要急，要快。烈火熊熊，烤得吱吱冒油，急吼吼地塞进嘴里，一股浓郁的炭香，又香又嫩。这样的烤肉吃得劲，吃得香。浓浓的烟火气燎人，食欲在味蕾上滚动，烤肉才吃得出别样的滋味。

到了傍晚，桌子摆出来，支上架子。老头儿在烤肉架前熏得热汗直流，孩子们闻着肉香，涎着口水，直勾勾地看着，眼睛里能冒出火来。大瓶大瓶的扎啤被推出来随意取用，光着膀子大声吆喝的，翘着二郎腿肆意说笑的，孩子们在桌子间隙跑来逐去，大家伙要的就是这个人气，吃得就是这个热乎劲儿。听着烤肉嗤嗤的声音，心里甭提多熨帖了，上班生的闲气儿，一天的劳累，在这烟熏火燎的香气里，在这喧嚣熙攘的声音中无影无踪。

小吃店上门板，拉下卷帘门。灯一下灭了，世界黑了。

老头儿声音敞亮和老奶奶告别："走啦，你也早点歇着。"

老两口，一前一后，隐没在黑暗里。

静寂的夜，老奶奶开了矿灯，一团雪亮，照得出飞舞的尘埃。她孤零零地坐着，等着，高压锅悠悠地泛着热气，远处有零星的狗叫。

九点半是个高峰，下自习的学生来了。她眼睛看着，手里动着，纹丝不乱，谁要了什么，点了几样，该多少钱，她心里透亮。人来递钱，她手先在围裙上抹一把，略弯腰，接了过来。该找多少，她手底下利落着呢。

昨天黄昏去买茶叶蛋，她不收钱，从衣襟里摸出七元递到我手上。

我疑惑。

“那天你在这掉了十块，我背后喊你，你没听到。”

“这么多人，你怎么认得是我？”

她笑：“你丢的钱，我能不认得？”

夜跑归来，她推着货车缓缓走在前面。

我侧身而过打招呼：“回啦？”

她愣了会儿，恢复过来：“回了，你慢慢跑，别急，前面黑。”

她的声音回荡在这狭小的弄堂。

我停下脚步，不知为何喊了一句：“你明天五点出摊？”

“五点。”

一弯新月挂在天空，她的头发淡淡银光。

摊货车的声音稳稳当当，拐进另一条小巷。

乡人速写

说 书 人

生书，熟戏，听不腻的曲艺。

自古说书人都是一块惊堂木，拍一下冬去春来；一柄折扇，挥一挥金戈铁马；一条好嗓，表一表古往今来。

陈云天就是这么位说书人。说书人现在已鲜见，八九十年代还能觅其踪影，大多是随文化演出队下乡。乡下地方短促狭小，歌舞施展不开，相声、评书所需不多，也就广受欢迎。陈云天就作为编制外人员补充进入了文化队。

说书有门道：长枪袍带书、短打公案书、神怪书、鬼狐书。长枪袍带讲的是大马金刀，帝王将相，三国列国东西汉；短打公案书大多为锄强扶弱，伸张正义，《施公案》《七侠五义》；

神怪书说的神仙鬼怪，《西游记》《济公传》；鬼狐书就一部《聊斋》。陈云天说的就是长枪袍带书，他最擅长的是《隋唐演义》，一部书说得丝丝入扣，细腻雄壮，干净脆生。

在农村说书，没那么简单，抓不住人，立马给你撤台子。陈云天说书有技巧，他先讲黄段子，不是说，而是唱，唱得人心里直痒痒。唱完了，聚拢起人气才开始说，说得慢慢悠悠，不疾不徐，台下可鸦雀无声，他的扣抓得好，乡民很容易进去情节，大家都屏息，生怕漏掉一句。动的是唇舌，说的可是本事。

这么个有本事的人，却谁也摸不清他的底。说书不是你想说就能说，那肯定得拜师，位列门墙，想从师傅那学到真东西，苦头肯定得吃不少。等到时艺成，出师，那还得仗着师傅的名气打出自己的响头。可陈云天从没提过，别人问他师傅，他笑嘻嘻："人穷当街卖艺，虎饿拦路伤人。我这么穷，哪拜得起师傅，都自学的。"

村里的老辈人讲，陈云天是逃荒过来的，沿路要饭，李大才看他可怜，给了他碗米汤。他就住了下来，成了打短工的麦客，干活时闷不说话，一歇晌，那不得了，一群人围着听他讲故事。李大才看他有个活泛劲，就留他下来，好在他要的也不多，也就是挣个嚼谷，要个吃喝。吃饱了就唱，唱的像是陕北小调，调情逗趣，嬉笑怒骂，乍一听不习惯，时间长了不听还怪想的。渐渐地，大家都知道陈云天会说书。

农村的夏夜，燥热溽长，聚集到一处，人手一把蒲扇，柳树下听陈云天说书，兴致都是极高的。说到人困疲乏，拿起板凳，关门闭户，漫长的夏夜就这么打发了。

新中国，陈云天有招，他用原先的套路现编，讲彭德怀：好一个彭大将军，横刀立马，不惧反动派……听着，听着你就能听串了，怎么听故事情节都像秦琼卖马，说彭老总越说越像在说程咬金。

陈云天没娶过媳妇，相好的倒是不少，别人拿他打趣，他只是笑不说话，别人再追问，他就说："你看见啦？我跟谁好你怎么知道？"

其实，真正和他要好的是孩子，孩子是真喜欢听书。他被团里辞退后，守着几亩薄田，在青青麦苗的田埂里给孩子讲故事。

2005年，他搬走，大家心里都空落落的。

据说他死在外地。

现在上了点年纪的老辈人见到能说会道的还会讲："这嘴

皮子，像陈云天。”

贼

幼时住在乡村，邻里之间鸡犬相闻，几乎没有秘密。那时兴赶集，货物齐全，便宜公道，人从四里八乡汇聚过来，人头攒动，热闹异常。因此也是梁上君子聚集之所，农民一年到头赚点钱也不易，所想出来的藏钱之处也是百般：藏在鞋底里；缝在内衣里；还有人缝在帽子里。

乌云再大遮不住日头，谁家出了贼，那心里都明镜似的。

赵叔就是这么位人物，为人和气，见谁都笑嘻嘻，但大家都不敢和他接触太深。村子里的二流子倒都往他身上凑，每句玩笑都不离他是扒手的事，他又发作不得。

幼时的我不识人事，只图好玩，时不时总往他身边凑。他也喜欢孩子，一来二去，也都熟了。年岁稍长，知道避讳，但毕竟厮混久了，感情有了，也不好往回收。

半大的孩子不知婉转，似通不透，问这问那，童言无忌，很多话自然也就聊开了。

据赵叔讲：小偷这碗饭也不是好端的，得看老天爷赏不赏饭。拜师傅，磕码头那是规矩。

一张薄硬纸片，先从门缝由下至上探看有几道锁，再从上往下滑，手一抖，门嘎吱一声开了，过程行云流水，电光火石之间门就被“撬”了，这是要练的基本功。

“买卖的钱当辈完，坑人骗人的钱当时完，庄稼的钱万万年。”这行来钱快，但走得也快，不是自己辛苦挣得，何曾在意，流水的财神，过手云烟。

赵叔娶过媳妇，第一个媳妇大手大脚宽肩膀，是贵州山区的。赵叔跟媒人过去，五百块钱摆在桌上。老丈杆子看见这些花花绿绿的票子，眼睛出火：“三个闺女，你随便挑。”他们家最小的才十六。

这个贵州媳妇爱热闹，说去瞅戏班子，午饭就别给她留了。一直到月上柳梢头，赵叔慌了神了，央求四邻到处找，可哪里还有影。去他贵州老家，房子还是那个房子，可人换了。屋主人说：“不知道你说的是谁？”大伙儿整件事情连起来一想，赵叔是掉进别人的套里了，被“放鹰”了。

光棍汉的日子冷暖不知，家里连个贴心的都没有，这日子是过不下去。经人撮合，认识的这个，对方是真对他有意思，可要的财礼不少。赵叔是穿新鞋走老路，却被人“点水”（把对手的黑底告诉警察）一进去了。赵叔该交代的都交代了，数罪并罚。对方绝了念想，等他出来，人家早已成了孩儿他娘。

他也曾想过退出。“乞丐做三年，皇帝也不换”，习惯了这种不劳而获，肆意挥洒的生活，想收手也难。

偶尔回去，看望一眼。他老了，银丝满头，但相当热情，热情得手足无措。他这条门槛没谁愿意跨，整日里形影相吊，落落寡合。

清明回去扫墓，回来途中，眼神便定住了。赵叔的房子已经坍塌，荒草漫过，裸露的青砖片瓦像一道道伤口。

“尸体臭了，闻着味给收敛收殓了，人都烂了。”母亲接着：“不知道吧，便宜了小米那一家子了，他们收殓的，把他家柜子里的棉被抱家去了，结果褥子里都是钞票。”

那天晚上我梦见了赵叔：他带我去赶集，微笑地看着我，没说话。

康大爹

见到康大爹我会怕。

闪闪发亮的针头，寒光凛凛。吸药，试推，药水细细滋出。

我恹恹的，脸颊烧得通红，黑色的皮包撞进眼帘，心颤。

棉花球擦肌肤，丝丝地凉，猛地一下，心提到嗓子眼，身体绷紧。他拍拍我的肩膀：“好了，自己手摁着棉花球。”

包里花花绿绿的药丸，他轻声叮嘱母亲用法用量。盒子砰地一声盖上，拎上皮包迈出，摩托车突突的声音迅疾地跑远。

奶奶牵着我去村卫生所打预防针。他穿着白大褂，敞着怀，来回穿梭。走廊消毒水的味道刺鼻，孩子们惊恐地一个个被叫进去。

他耐心地哄：“不疼，不疼，你最勇敢了，一点都不疼。”一个个出来眼泪扑簌簌，扎进母亲怀抱。

他指着桌上的奥特曼说：“好看吗？”我的目光被吸引，尖细针头快速刺进肌肤，我还未来得及哭，他已完工，将针头拔出。我尴尬立在当场，酝酿的情绪一下被抽空，他脸上浮着温柔。

去过他家，清净温暖。洁白的瓷砖，明净照人的墙壁，沙发一尘不染，一点陷痕皆无。进去有些惶恐，这个世界过于干净，不像烟火人间。

他家门口栽了三棵梨树，花开时，洁白如雪，淡淡清香浮动。一年一年，枝繁叶茂，笔挺壮直。

他早晨会在梨树下刷牙，毛巾横在肩头，一嘴泡沫，见人便点头微笑，呼噜噜漱口，毛巾擦干，嫩绿的叶片微微晃动。

夏末，沉甸甸的梨吱呀乱颤。康大爹拿个筐，一个个摘下放进，摆在树下，想吃自取。

底部的梨会坏，一把水果刀削去腐烂处，切片，放冰糖，用炉火熬。火要小，大火过盛容易熬成烂糊，咕嘟咕嘟，收汁。康大爹会把它置进冰箱。这是药，对肺炎咳喘病人有奇效。

鱼塘就在门前，清凉幽静。夏天，碧绿的一层浮藻。他戴上粮帽，手持兜网，慢慢捞取浮藻。红通通的澡盆，塞得满满，这些可作鸡鸭的饲料。

无事时，他会捞鱼。一只水桶，数十条鱼，立于路上，有感兴趣的乡亲，自己会停下来。他摸秤，拿塑料袋，嘴里喊着："二斤高高的，您看！"

我高中回家，时常不见他，问母亲，母亲说他惹了祸。夜晚去诊治病人，夜黑路滑撞了人，奈何碰到的是户流氓人家，隔三岔五过来威胁骚扰，明明被撞的老太太能康复出院，硬压着。吓得他不敢回家，躲到外地。

老太太熬了几年，人走了。他回家，一次性了断此事。

儿孙要给他过八十大寿，他脸虎着："老年间的说法：我现在活着，阎王爷不知道岁数，你们这么大操大办，说不定就被勾了去。"

寿还是做了，张灯结彩，正中璀璨金字。邻居都被邀了过去，席面摆在场院里，头顶上几十盏白炽灯，烤得人热烘烘。大家轮流向他敬酒，开始还喝两杯，然后都被儿孙挡下代喝。我死死地盯着那块小塔般的大蛋糕。

临走时，他一个个送，看见我，朝屋里喊："二子，二子，奶油蛋糕切两大块。"他握着我的手微笑："大县城里买的，你带回去尝尝。"我走在路上回头看他，白炽灯将他的人影拉得瘦小窄长。他似乎感受到我的目光，挥了挥手。

前天抽空回了趟家。

炎烈夏日，路旁野草疯长，沟渠河水满溢。渡水时，风大浪急，小船晃晃悠悠。

庄稼有些蔫。泥土松软，一脚陷进去，拔不出，路上深深浅浅的鞋印。阳光下，暖湿的氤氲水汽，糯热燥人。

河坎蹦出青蛙，动作轻盈，忽地溅起水珠，身体隐没在一片鲜翠里。水田安静，夕阳平淡一缕。

本以为这次龙卷风，周围邻居并无伤损。到家听说龙卷风呼啸而过时，康大爹正在阜宁，被砸得奄奄一息，抢救九天，走了。

听到这消息，我怔在当地，像针刺在肉里，忽地拔出。

邻居们谈起他并无太多忧伤，老太太们说："这岁数走，也算喜丧。"

书　生

晨光熹微，睡得昏昏沉沉。他窸窸窣窣起床，捧一本牛津英语，朗读背诵。曙色萌动，一人缓缓跑步而来，身影掠过，又消失在轻轻的薄明里。

那年，他四十，做农民工。工友皆以为他是痴人。

我问他上海怎么样？

他神神秘秘地说：“我瞅见刘翔了，像在晨跑，长得挺丑，一点不好看。”

邻居嗤笑：“到了我们这把年纪，没什么指望，多挣点钱，给孩子点盼头，他们能念到哪，咱供到哪，你说他那么大年纪，念英语有什么用？”

做农夫前，他是书生，高考一分落榜，收拾行囊，回家。村支书爱才，想让他进村委会。他当夜酒醉直言：指斥村委会账目混乱，种种盘剥，他要大加整改，清明行政。这话自然飘飘洒洒。

隔天，他扛起锄头，下地。

2007年，工地出事，他从脚手架上倒栽下来，当场送了医院。检查结果出来：腿上几处骨折，膀子断了，脑血肿。问医生有多严重？医生不正面回答，说恶化，便生命垂危。

我陪他孩子去看他，他斜斜躺着，脸色蜡黄，瞄见我，嘴角挤出一丝笑意：“你也来了，你看看，耽误你学习了。”孩子一直颤抖，控制不住。他声音沙哑：“你一个男子汉，怕什么，过来。”两个人双手紧握，直至分离，未再说一句。走廊冰冰凉，孩子脸上一层汗。

2009年，醉酒，骑摩托，撞电线杆，直直地躺在地上，幸无大碍。第二天得随众出门打工，他裹着纱布，憔悴地立在人群里，鲜明的血肿未消，黯淡地随众出发。队伍里，他的腿一瘸一瘸的。

孩子争气，名列榜首，被县初中录取。他开酒，孩子喝完，醺醺醉，朝他喊：“我眼前好多星星。”他呵呵笑。

课业渐繁渐深，他已不得要领，但瞎掺和。孩子刁难出了道化学题，瞧着他坐立不安，他尴尬地笑：“你对，你都对，行了吧！”

他打孩子，猛揍一顿，酒醒了，心疼，摸着伤痕处流泪。孩子对他说：“没事，爸，我不怨你。”他狠抽自己一个大嘴巴，戒酒。

孩子大了，买了条好烟孝敬。这条烟一直存着，朋友亲戚来，他缓缓打开抽屉，取出，边拿边笑：“孩子买的这，瞎花钱，但味道真不错，你们尝尝，试试。”散烟的时候，他的脸上既得意又满足。

他是我幼时好友大宇的父亲，有些憨痴，有些孤独，有些不合时宜。

我念中文，他抱着历史书考校我，我摊摊手。他起身去水边淘米，大宇转头问：“你说我爸真有才吗？”我低头，没说话。

2014年，大宇毕业，所学专业冷门，处处碰壁，时间一晃而过，大半年一无所入。面试出来，夜幕初上，人来人往的街道，他没憋住，坐在马路牙上哭。

哭累了，给妈妈打电话，手机那头却是父亲。

父亲听见他的抽泣，平静地说：“工作慢慢找，没关系，实在不行就回家，爸爸能养你，钱不够就说话。”

这话柔软得像那天的夜色，至今还融化在大宇心里。

今年四月，谷雨，天蒙蒙胧。

电话里大宇声音明亮：“我要结婚了。”

“你不会是要当爸爸了吧？”他听到这话嘿嘿笑。

我立即会意：“好事啊，你爸知道吗，他怎么说？”

“他讲了三句话：要待人家闺女好。想吃什么，我给你带过去。买房还差多少钱说话，实在不行，我们先给你把首付交了。”

“末了，老头子加了一句：没想到，你也要当爸爸了。”

失 独

张淼是我小学同学，他母亲是有名的辣手，三寸长的青竹板子，在光滑的肌肤上溜过，猛地一下，包你两天坐不得板凳。

他淘且猛，七八岁便能下河翻腾，捉鱼捞虾。逮着耗子，在耗子尾巴上系几根干草，裹上小鞭炮，一点火，耗子滋溜乱窜，将李爷家的草垛点了。那草在秋阳下刚晒过，说着就着，脆生生的，火光熊熊，噼啪作响。街坊邻居接水救火，一片混乱，等到夜黑火灭，满地狼藉，张淼却不见了。当着人的面，她妈把狠话撂下：“这种孩子不要也罢，谁爱找谁找，我不要了，养活他还不够我添堵的！”

三天，没人影儿，他妈绷不住劲儿了，有人递了话，下了台阶，发动全村的人找。他没走远，躲在后村的鱼塘，困了钻进稻草垛儿，饿了生火烤鱼，吃得满嘴火疮。他妈边打边哭，嘴里喊着：“他爸，熬红豆粥，多熬会儿，要软乎点。”

夏天，凉爽的早晨，掏鸟窝，手脚麻利，三两步便跃上枝头，我在下面接着。羽毛稀疏的雏鸟，全身毛毛光，不好看，他顺手接过去："鸟蛋归你，雏归我，那边还有一个去看看。"路旁的水珠在叶片上滚动，太阳下散发出晶莹的光彩。他的布鞋已被晨露沾湿，突然停住："你听，这是喜鹊叫，周围肯定有它的窝儿！"

暴烈的盛夏把土壤烤得滚烫，空气热得炙人，他等父母睡熟，拿着鞋光脚轻轻溜出，招呼我去偷瓜。果园翠叶深稠，柳树的蝉鸣躁人，绕了两三下便来到了瓜地，一片青翠的藤蔓，结着圆滚滚绿油油的大西瓜。他敲敲西瓜，听诊般辨别声音，抱起一个熟透的，两个贼便喜滋滋地跑到大道上。烈日下暴晒过的西瓜不忙着开瓤，此时切，没一点鲜凉，瓜肉里留着日头的热乎气。放到井水里，闷上一个小时，雪亮的菜刀，咔嚓，冷气噗噗往外冒，鼻尖都是凉意。一人抱着一块，用勺挖着，盯着旁边溪水潭清晰可见的鱼苗，大口大口地吃完，估摸着父母该醒了，又悄悄溜回。

他父亲好戏，嗜酒，收音机、电视里只要有淮剧段子，立即屏气凝神，听了一会儿便摇头晃脑，打开一袋花生米，就上酒，神仙般愉悦。一天傍晚我去他家，他父亲已经醉倒在桌上，满屋子都是酒的清香。张淼端起一杯，两个人都尝了点，又辣又冲，嗓子眼里冒热气儿。他父亲醉了便是他的天下，一堆一堆的连环画，看得眩目，他摸走了他爸的书柜钥匙，取出一本《绣像金瓶梅》：“你瞧瞧这个！”

他那时候六年级，就知道追女孩，可惜不得法。手臂上血淋林地刻上女孩的名字，结了疤之后狰狞恐怖，半夜打人家座机，不说话，闹得女孩很是厌恶。他还是探头探脑，死皮赖脸，我问他：“你干嘛骚扰她？”“好玩呗！”

初中后，学业加重，整日埋首书本，进的又不是同一所中学，便疏远了，很难碰见。零星听到一些传闻，我知道他还是他。据说村里的大年和他在学校闹着玩，将他那玩意儿踢肿了，他也不叫痛，也不告父母。放了假，沉默无声地坐在大年家，大年没法遮掩，请求父亲带他去医院。消肿后，当着人家父母的面，猛地就来一下：“也让你尝尝滋味。”

之后就没他多少消息，说是去当了兵，三年之后又三年，义务兵转成合同兵，之后又续，鲜少回来。与好友电话，好友无意中提到张淼走了，回来时只有骨灰，我怔了，喉咙里吐不出一句话，儿时往事在黑夜中画片一样地在眼前过。带了点水果，进门时，他父母还没吃早饭。人早已入土为安，我上了一炷香。“难为你还记得，就像是眼么前的事儿，一晃你们都大了。”他母亲有些伤感地说。

两个人都五十多了，再无生养可能，说是今天去福利院看看，能不能领养一个。“以前吧，他在部队老不在家，也没觉着什么，心里总有个盼头，知道他在哪。现在，就觉得房子突然空了，空空荡荡，孩儿他妈一天也没一句话，憋得人难受。”

撞上了就陪着一起去。老两口买了些孩子喜欢的吃食儿，一路上商量着言辞，斟酌着语句，想着该怎么说。怎么说也没用，门口就被挡了驾，看门的大爷气势汹汹，嗓门两个八度：“谁让你们来的，你们来干什么，出了事儿谁负责，没有手续不准进。”

两个人神色难堪，我挡在前面，说明了来意儿，老头反复就那一句话：“跟我说没用，我不能放你进去。”

狼狈而返，二生家的车正巧来城里办事，顺道捎着一起回去。

空气闷得吓人，车内过分的安静，没一个人挑话头儿。

我安慰了一下：“没事儿，回去问问哪些手续，下次再去。”

她憔悴地抬头："我昨晚梦见了他，他背着身跟我说话，我就想看看他的脸，怎么也看不到，我说，孩儿，妈老打你，是妈不好，妈再也不打你了，你转身让妈看看，妈想看看你。"她的泪珠无声地滚落下来

到了岔路口，我下车，他们往东，我往西，心里似有千言万语，却一个字蹦不出，最后说了句不通的话："都会过去的，都会好的。"黑色的汽车沿着水泥路，扬尘而去，隐没在弯道口。

我走在一片尘土里，三个孩子抱着西瓜迎面相撞，夺路而逃，嘻嘻的笑声。李爷在后面骂："小兔崽子，再来偷，打断你们的腿。"

抬眼望去，窸窸窣窣，层层多叶，草莓鲜嫩得泛着红光，丝瓜细嫩的藤蔓缠满了园门，杂草的鲜绿像是被泼了油般光滑，两只狗从中窜出，咬着尾巴，嬉笑打闹。

又到了西瓜成熟的时候。

乞丐

市中心的乞丐穿得齐整，蓝布褂子，军绿长裤，破是破了点，瞧着不讨厌。

怀里抱把二胡，人来人往的大街，他拉得虎虎生风，头随着手晃动，神情颇为自得。曲子拉得很粗糙，旋律生硬，但是节奏伤悲，听着心里凉。

他坐在小马扎上，腿稳稳地拖着二胡，凌乱的胡子浮着亮晶晶的汗珠，声音水一般地漫溢四方。

马扎前是个脸盆，漆已经脱落，露出斑斑锈迹，里面几张皱巴巴的纸票。间或一两个硬币扔进，两相碰撞，硬梆梆，声音脆脆地响。

他两个地方换着来，超市，书店轮着蹲。暑假伏在新华书店，眼神盯着孩子，直愣愣的，翻翻破口袋，显出一副破败相。孩子看着心软，瞅瞅手里的零钱，有些犹豫，舔着雪糕，还是把钱扔进，他的嘴角几丝得逞的笑。

夏夜清寂，热气蒸腾，他耷拉着脑袋，两腿并拢，坐在大理石上。

看车员来回在广场上穿梭，淡淡月光，一阵风吹来，脸上热烘烘，他已经瘫睡在地上。

银行旁的乞丐，女的，脏乎乎，右侧的袖子空空荡荡。

她的头发油腻，隐约可见白丝，整个人躺在一个类似滑板车的工具上。轮子滑行，她顺着推自己的碗，一下一下，落在地上，咣当咣当。

银行旁是绿化带，树木葱葱茏茏，绿荫照人，凉意习习。茁壮野草，丰盛的花朵，哔哔剥剥地开，芳香坠溢。

中午偶尔回来，瞧见她手拈白花，花瓣剥落一地，神情茫然。手边的瓷碗，清清白水，照得出人影，风吹来，她的衣袖轻飘飘飞起。

很少见她要到钱财，她看着人过来，也不言语，偶尔有点零钱扔到眼前，她也不抬头，整个人静静的。

进了七月，再未见她。那天暴雨，银行檐下躲雨，眼前飘起她瘦骨嶙峋的样貌，眼睛自然瞟到她曾待的地方：青葱绿草间，两条深深的轮印。

寄居之处旁的乞丐，九点聚拢，路灯下摊开破布，白瓷缸哗啦啦倒出硬币，毛票一张张平整对齐。数清，散开，两前两后，拉长的身影一步步陷进公园的幽暗里，终至隐没不见。

四个人，成群结队，盘踞在十字路口。单独的孩子或者行人，见到此种模样，自动扔钱，心里怕。中午他们睡在公园的石凳上，浇上水，裸露上身，直直躺下，凉凉快快的。

雨天，滚滚雷霆，他们结伴雨里走，旁若无人。夏日的天说变就变，雷阵雨浇过，云开雨散，金黄的太阳温热灼人，浓热的湿气闻起来气闷。四个人湿透了，瞧着天，脸上淡漠，仿佛寻常事。

清晨锻炼，坐在公园长椅，他们围坐在水池边低低说话。言语间露出意思，其中之一竟为九十年代富商。

按捺不住好奇，插了一句："那怎么成了现在这样。"

他没顺着说，拐了个弯，对我笑笑："以前我也和你一样。"

回去路上，仔细思磨这句话，心中一寒，汗毛倒竖。

看门人

教育局当街，迎面青葱松树。值班室朝东，两道门，几步就能跨进。

时间赶得不巧，撞到下班，人“嗡”地一声散开，门咣地合上。阳光灿烂明烈，额头一层细汗，老头儿躬着身，脸上皱纹堆在一起，抬手示意：“要不进来坐坐，下午两点半才上班。”

屋内阴凉舒爽，空调呼呼地吹着冷气，电饭煲热腾腾。液晶电视连着DVD，坐下，听到光盘闷声转动，轻轻作响。电视里陈建斌喜怒不定，对着粮官笑言：“我要借你项上头颅一用。”他抬头瞧着，盛一碗白饭。菜很简单，碎碎的萝卜丝，上面一层白蒜，有清香。

刚坐定，觉出不妥，对我笑：“你没吃呢吧？”我有些尴尬，脑子转过许多念头，还没回答，他急急出去，声音豁亮：“帮我看一会儿。”

他很快回来，手上提着两个纸包。纸包摊开，花生米油光光，猪头肉切得细细，淋着香油。给我搬来凳子，他未坐下：“你喝酒吗？不过我可不能陪。”我摇摇头。

饭没吃安稳。一人蓝布上衣，大步进来，兜里掏出烟，递出一根：“四楼的钥匙在你这吧？水管裂了，我去看看。”他有些为难，打开抽屉，拿出钥匙：“我陪你去。”他走几步又突然退回来，对我打招呼：“你吃你的，别等我。”

饭冷了，他回来，满脸污秽。换身衣服，扒两口饭，收拾碗筷。

凝结了的洗衣粉，大块大块，水龙头哗啦啦，泡沫迅速鼓起。两树之间，一根晾衣绳，潮湿衣服，滴滴答答，地下一摊水渍。

打量屋内，干净整齐。替他收回碗筷。木制的橱柜，上下两层，玻璃瓶里晶亮的白糖，晒干的陈皮静静地躺在塑料盒里。他用清洁球细致地擦去池子里的污垢，手上的青筋微微凸起。

“你一直在这看门？”

“不是，我以前是X中的，退休了被返聘，人老了也没事，工作也是个寄托。”

他抬头微笑：“你就坐在这等吧，我睡一会儿。”

窗外阵阵蝉鸣，麻雀在门口的阳光里一跳一跳。凉风吹过，叶叶摩擦，树影摇动，如同飞鸟。

冒出的孩子，眼睛黑白分明，摘下绿叶，轻轻拨动水洼里的水。他的头发剃光，明亮似灯泡，只有额头齐整一撮，滑稽可爱，在水泥地上呀呀学步。

不断有人进来问询，粗声大嗓。我把手竖在嘴边，示意看门人睡着了。

阳光透过纱窗斜斜照进，他侧躺在床上，沉沉睡着。一只鸟轻捷地钻进屋子，尖长的喙左右啄，不一会儿，又呼呼飞出。

我抱着kindle，字迹逐渐朦胧，眼睛闭起。

沉沉不知多久，耳边有他急促的起床声，凉水洗脸，眉毛上还挂着水珠。

他有些满足："夏天总是睡不醒。今天还好，没人来问事，还睡了个安稳觉，不容易。"

我抬眼看钟，整整齐齐的两点半。起身，告别，离开。

童年碎片

端 午

初夏清晨，微凉。

我和大宇栽进一片鲜翠里，一簇簇艾草青嫩地立在那里，俏生生。大宇的指甲掐出浅绿的汁液，空气里洋溢着浓烈的香气。一人割了一大捆，兴冲冲回家。水气洇洇的，脸颊湿乎乎。凉爽的早晨，林间小路上，淡淡的两双小脚印。

青草系一小结，几株艾草置于门楣之上，祛病辟邪。母亲打我手背：“艾草沾上露水才好，别抹干。”

余下的部分艾草熬水，毛绒绒的叶片，在锅里沸水咕嘟咕嘟，蒸腾出一股股扑鼻药香。挑出水淋淋的枝叶，滤去杂质，一锅浩浩荡荡。黄褐色的汁液倒入澡盆，热水扑打着好动的躯体。第二天醒来，身上蚊蝇叮咬红肿之处，消得干干净净，光滑的手臂献宝般地在母亲眼前晃。她轻柔地拍拍我顽皮的脑袋："洗了艾草水，不长疙瘩！"

待到盛夏蚊蝇成群，呼啸而来，破空之声，甚是烦人。燃上艾草，烟雾熏然，蚊虫束手，苦恼顿消，又是一个安静的夏夜。

包粽子，晶莹洁白的糯米，闪闪发光，齐整鲜绿的粽叶，青翠欲滴。母亲的手真巧啊，哗地一声糯米进去，红枣，花生，核桃仁随取随用，一眨眼，拦腰正中穿线，粽子已包好，有棱有角。母亲眼明手快，举止生风，我呆呆望着，时间滴滴而过。

煮粽子，用温火，灶膛里的柴草不能过盛，慢慢地添，慢慢地加。锅里的水渐渐温热，粽子的米香丝丝弥散。我在灶膛的火光里嗅着，盼着。实在耐不了性子，跑出，烟囱汩汩的白色炊烟悠悠地盘旋，猫在屋顶的红瓦上轻轻舔自己的小脚掌。我瞧着自己乌黑的小手，怏怏地回去。

母亲趁热，用筷子夹出一个，我吃得慢腾腾，暖烘烘。

端午的桌上少不了奶奶的鱼汤，这是昨夜就在炉子上熬的。揭开盖子，香气盈鼻，汤色乳白，一层清黄色的油脂。细细划开，大勺舀一碗，浓汤滑入唇齿，鲜得舌头连连打卷。不消片刻，汤汁见底，碗底朝天，热得脾胃通透。鱼肉雪嫩，蘸上酱油，色味俱全，入口酥爽。桌上是寂静的，寂静得只有喝汤食鱼的声音。

下午大宇约我去钓虾，我偷了父亲的竹竿，悄悄溜出。贪食的小龙虾，红色的大钳张牙舞爪，死死盯吃着我的饵，缓缓被我拖上来。一放到桶里，双钳自动放开，虎虎向天，仿佛大呼上当。微风拂草，浑身发凉，日头下沉，我俩提着沉甸甸的小桶归家，里面是挨挨挤挤的小龙虾。

母亲倒在大木盆，一个个洗净抽筋，沥干水分。锅中烧油，放上干椒，花椒爆香，加入粗盐、酱油，烧透，撒上葱末。两大盘油光光、鲜亮亮的小龙虾，吃得人汗津津，爽滋滋。

朝花夕拾，从家乡水泽来到城市森林，母亲粽子的滋味已多年未尝。

盈盈幼时光阴在钢筋水泥的都市恍若虚幻。

四月的清明，我回乡去钓虾，桶里只有寥寥的几只。

四月的谷雨，我起床接电话，大宇兴奋地要给我寄结婚请柬。

夜深忽梦少年事，茕茕白兔，东奔西顾。

我还是会想到那年端午，嫩绿的初夏，憨憨的大宇还不曾人高马大。

前几日，大宇新居落成，我们一行去暖房。笨手笨脚的他下厨杀鱼居然闭眼，鱼从砧板跳到地板，一蹦一蹦的。

大宇妈妈招呼我们吃粽子，满满两大盆浸在温水里，轻轻地浮着朦胧的热气。

我剥开一个，里面裹着蜜枣，好甜。

夏天与西瓜

四下静寂，阳光很足，窗后的树叶渗出星星点点的光芒。躺在席子上，身体捂热左边，我又滚到右侧，背脊丝丝新凉。

“叮当，叮当”，金属器物碰撞，脆脆地响。

卖棒冰的来了。我赤脚，溜过光滑的砖地。偷偷地觑了一下母亲，她沉沉睡着。悄悄开门、踏出，脚底板温热的烫。

卖棒冰的小伙，立于大路。长长的自行车，精光雪亮，棒冰箱绑在后座，粉红的棉被紧紧裹着。掀开，鼻尖翕翕凉意，木箱已经湿润，一层水珠。木板隔着，左右分开。左侧是雪糕冰棒，花花绿绿的包装纸；右侧是西瓜，已经切块，三角形，翠绿的皮，鲜红的瓤。

脖领子突被薅起，身后的母亲有些愠怒：“你有胃炎，忘啦？不能吃冰东西。”我馋嘴的目光快滴了下来，母亲叹气，递了张毛票：“来两块西瓜吧。”

双双妈来了，白色连衣裙，袅袅婷婷，阳光下皮肤宛若透明。小伙子不好意思地避开目光，取出冰棒，我瞧着眼热，双双妈笑了：“孩子想吃就给他吃，吃一个没什么大关系。”说着，往我手里塞了一支，我厚着脸皮接了。母亲谢了一下：“这怎么好意思？”

路旁，绿叶悉悉簌簌，绕杆而上。丝瓜花蕊，嫩黄，蜜蜂缓缓钻进，又钻出，振翅飞远。我抬头，阳光刺眼地晃。

幼时的我，腆着脸皮，捧起西瓜：“妈妈，你吃吧。”母亲早洞穿我的小心思：“你趁凉吃。”

呼哧呼哧，一扫而光，满嘴红色的汁液。

母亲搬砧板，削硬皮，利落地将西瓜皮切块。傍晚倒入锅中，放入盐醋，加上些许辣椒丝，大火翻炒。待热气消散，上桌，略微几片，入口香凉酥爽。

六月底，卖西瓜的卡车来了，层层叠叠，密密的。卖西瓜的是一男一女，男的精赤着上身，高耸壮实；女的头发垂腰，满脸雀斑。他们不用吆喝，一户传百户，人群潮水般地涌来。

“这么贵，我赶集的时候，人家的价格可比你低两毛。”

“那您上他那去。”卖瓜的男青年一句话挡了回去。

“你这西瓜熟没熟啊？”

“不放心，您开了瓜，生的再来换，要不您选一个，我给您开。”

父亲一个个敲瓜，手指咯嘣，细细地听音，响声沉闷他才买下。即便如此，百密一疏，一次买四五个瓜，有些切开，一层瘪瘪的小白瓜籽。大家眼神都垂下来，母亲安慰：“没事，没事。”她将瓜肉挖出，放入白瓷缸，加两大勺白糖，小火微温，火苗紫蓝，摇摇晃晃。火候差不多，浸入凉水，晚上盛上，无丝毫生涩，咬一口，鲜甜。

七月，瓜多，奶奶会做西瓜汁。做西瓜汁得细致，一层层挖瓤，一个个剔子。用细白纱布拧汁，点点滴滴。装瓶，盖紧，沉入冰凉水缸。中午，做农活归来，炎阳当顶，热汗蒸腾。将西瓜汁捞起，一人一碗，浑身生风，异常清凉。

我傍晚归家，几张板凳拼成小桌，蓝色纱罩，清淡白粥，热气氤氲。咸鸭蛋一切两半，蛋白细嫩，红油吱吱。黄瓜切片，白蒜拍泥，就一口白粥，嘴里脆生生的。

黄昏的穿堂风，阴凉爽利，食粥的温热，一消而空。房前屋后，慵懒的气息，猫趴在屋檐下，静静地整理毛发，一两辆自行车呼呼而过，逐渐远去，映成了夕阳的背景。母亲端出一块红润的瓜心，他们下午已吃完瓜，这是为我留的。轻轻的一口，冰甜。

高中，课业漫长。午休时间，寂静教室，厚厚的习题册，一笔一笔地填满空白。阳光明亮，蝉鸣阵阵，丰盛热气，汗流浃背。一点半，推开椅子，摸一把额头，滑溜溜。

冷饮店的柜台，西瓜瓤盛在塑料碗里，五毛钱一块，用勺挖着吃。倚在门口，一勺一勺，时不时地咬到冰渣，看着一角蓝天，心沉浸在水里，须臾的放松。铃声响，同学如放闸的洪峰砰地一下流向教室。水池前，哗啦啦，弯腰，白荒荒的日头，水浸过的脸，醒目的寒意。我能闻到鼻尖的热气，碗里剩些许汁水，扔掉，缓缓回到死死绑定的人生和课桌。

此地水果店，不论西瓜来自何处，均对外称东台西瓜。东台西瓜甜而不腻，美若清水，食而难忘。买了一个，沉沉的，拎回家，咔嚓两半，生的。

昨夜，大宇电话里嘻嘻地笑，我问他干嘛呢？

“刚刚田里偷了一个瓜，贼甜。”

他的声音里透着幼时幸福的甜蜜。

早起，散步。

凉爽的清晨，滚动的露珠，我立在湖边。

远处，老太太们在练嗓，张生与崔莺莺，长亭兼短亭。

耳边，被风吹过的夏天。

暑假作业

从图书馆出来，世界一层水雾。

我坐在沙发上，心思游离，窗外的雨淅淅沥沥地下着。叽叽喳喳的喧闹吸引了我的目光，声音密且干脆，空气里有活泼的暖意。

一张方桌，五个少年，眼神明亮，脸上的青春痘涩红未消。居中的少年声音大大咧咧："一人写一样啊，到时候好抄。"

他旁边的男孩话语里含着笑意："我妈要是知道我来图书馆是为了抄暑假作业，她肯定得揍我。"

大厅静寂，刷刷的写字声。

雨滴敲打着窗，滑动的水珠点点乱痕，模糊了窗外的景色，记忆也开始朦胧。

幼年的暑假塞满了阳光、湖水、小龙虾，日日游荡在树影水光里。甜美地睡到自然醒，日光灿烂得不像话，急急地划两口粥，一阵风似的找小伙伴疯玩。一把小锹，寻阴湿处挖蚯蚓，白线缠绕，钓小龙虾。

两树之间，一片青翠，跳橡皮筋，三八三五六，三八三五七，三八三九四十一……

家中无大人，便开始捉迷藏，绞尽脑汁，百般想躲藏之地，被捉到，嘿嘿大笑。

黄昏回家，一身泥，一脸土。《圣斗士星矢》播了，聚精会神，紧张处为之屏息。片尾曲响起，点滴失落的难过。宽阔大场上，各人拾起棍棒，你是紫龙，我是星矢，挥舞得虎虎生风，灰尘扬起，我们都是想象中的英雄。

临到开学，作业密密麻麻的空白。31号开学，29日躺在床上盘算：今天再玩一天，没事儿。开学前夜，摸笔顿觉手生，字迹歪歪扭扭，写到手麻酸疼。父亲在背后讥讽："临时抱佛脚，一暑假也没见你这么认真。"奶奶还护着："孩子知道学习是好事儿。"写到半夜，眼皮沉沉，躺在床上，四肢百骸俱舒，瞬时进入梦境。

开学，招呼父亲去，自己待家再写一早上。翻翻作业，大面积地心慌。下午进校，忐忑不安，同学嬉笑打闹过后，相互刺探军情，均是五十步笑百步，老大莫讲老二。众多的人犯同一错误，这错误仿佛就不那么可怕，倒有几分心安理得。成群结队的错似乎就不是错，法不责众。

我是班长，老师命我检查全班作业，汇报情况。自己作业一片狼藉，检查他人，自然心虚，又不能全报上去，臭不要脸地选了几个。几人自然不服，隔天中午拦住老师报告。

脚踏进办公室，身体阴凉，干净的办公桌四四方方，空气里漂浮着粉笔灰的味道。老师和颜悦色："你作业没写？"

"写了。"强作镇静。

"真的写了？要是没写，现在说还有个余地，不然查出来，通报全班，告诉家长。"老师开始耍诈。

"真的写了。"我的小腿肚子发颤。

老师转头："写了就好，下午上课拿给我检查。"

出了办公室，头晕，阳光晃眼。

这事没了后文，我躲了过去。

与报告的同学怄了两天气，之后恢复如常。逗小球，拍画片，玩得不亦乐乎，手掌一层乌黑。孩子的心事转眼就忘，毫无芥蒂。

印象中暑期作业从未完成过，巨大的拖延症烧到开学。躲过去了，洋洋得意；躲不过去，俯首认栽。在只有作业和考试的学生岁月，考试失利，作业未写仿佛天塌地陷，脑中无限夸张着可怕的后果。那时候日子纯净透明，却也经不起风波，容易阴郁不安。

就这么冒冒失失闯到高中。

高二升高三，假期只有二十天，转眼即过。

明天开学，我在书桌上吭哧吭哧地写作业。

奶奶喊我吃饭，饭菜摆在场院里。

出门，父亲在吸烟，微风拂来，灰飞烟落。

夕阳在慢慢下沉，鸟儿低低地掠过水面，立在枝头。

那是我最后一个写作业的暑假，厚厚的试卷，一摞空白。

小镇澡堂

湿漉漉的身子，朦胧的镜面，冒着热气的自己。噗地一掀帘子，头发的水气呼呼地蒸腾。

冷冷缩缩的一人急钻进去，扳开淋浴，热水泼天而下，烫得心跳。肌肤红通通，喉管里幸福的声音，舒服得眼睛微眯。

老头儿躺在池边，模糊在热气里，时不时地翻身，嘴角惬意地笑。孩子在池里打闹，澡巾舞得横平竖直，啪，水花四溅。大人抹一把脸，温水里提溜出孩子，屁股上响亮的两记。

昏黄灯光，油乎乎，大人们裹着洁白浴巾，耷拉着身体。有赤条条的老爷们，斜睨着眼睛，掸掸烟灰，思绪漂浮。墙壁点滴聚合的水珠无声落下，碰到皮肤，一激灵，凉丝丝的。

师傅们捶背，技法熟练，手掌变幻，敲在肌肤上，脆脆地响。

捏脚。师傅指间游走，力度适中，有股爽利劲儿，精神头儿越捏越好。

出了澡堂，脚步轻飘飘。一身泥垢洗净，神清气爽，肚中却是饥肠辘辘，舌尖上更是味蕾大动。檐下的炉子嘶嘶冒烟，幽蓝火苗，茶叶蛋的香气钻入鼻尖。顶着一头湿发立于檐下，父亲从旁掏钱默默买两枚茶叶蛋塞于手中。细细剥去外壳，蛋白上淡淡的卤痕，一口一个，胃内暖暖。两枚吃完，眼睛还死死盯着冒着蒸腾热气的五香茶叶摊，父亲爽朗一笑："再来两个。"这个小把戏屡试不爽。卤香扑鼻，香暖润滑的蛋白，入口即化的蛋黄，口舌生津，狼吞虎咽。

有饺子，皮薄馅大，只供应一种：韭菜鸡蛋，还得自己招呼，现包现煮。有等不及的一起包饺子，寻一板凳，慢慢地等，沸水滚开，一股脑倒进，得敞着锅盖这样不致破皮。

老板的黑白电视播着《西游记》，端着碗饺子，一口，滋滋冒水，嘴角滚烫。

男人们洗得快，三三两两，立在门外，谈天说地，吹牛玩笑，烟星火苗，明灭可见。

母亲出来，父亲捻灭烟头。自行车大杠上坐我，后座载着母亲，沉沉夜路，轮胎滚过石子，咯吱咯吱地响。

进门，热气消散，皮肤缩紧，进被窝，甜美一觉，直至天明。醒来，鼻尖仍残留着水气味儿。

童年去澡堂多在周末，小篮子，带上衣物，一路蹦蹦跳跳。曾见一女生，横冲直撞，掀开帘子进了男浴室，“啊”的一声，满脸通红退出。

邻居大宇进过女澡堂。他五岁时，长得小，母亲带进去。白花花的肉体，满眼都是拖鞋与腿，低着头，阿姨们对他微笑，吓得他直接跑出。无论母亲如何拖拽，再也不进。

开澡堂的是对夫妇，有头脑，过得富裕。秋凉，桂花开，他的招贴便出来，红底黑字，大意为：浴室已开，欢迎新老顾客惠顾。字是小楷，很端庄。

澡堂背后，是条小阴沟。长年累月，澡水浸泡，鱼虾无存，连泥土都呈莹绿色。

往前看，是煤堆，码得齐整，黑灰散落一地。炉子就在近旁，火光熊熊，靠近，热浪溅人。

老板寡言，同他说话，他只是笑。说得久了，他起身泡杯茶，神态谦恭："渴了吧？"

小小的柜台，里面摆了张床，床尾站着小熊娃娃，眼睛黑溜溜的。

老板有一子一女，姑娘聪颖，儿子调皮。经常见小家伙，滚了一身泥，老板摸摸他的头，湿毛巾慢慢地擦孩子的脸，还没擦完，他滋溜一下，飞跑出去。姑娘静，小板凳上写作业，一笔一画，有人买烟，抬头，脸上有羞涩。

毕业良久，我才偶然知晓：老板的父亲是小学校长。

大雪天，老板会立在门口，看见有主顾，远远地迎过去。这种天人少，经常留着吃了午饭，话闲篇，不知不觉到了傍晚。老板娘打着毛衣，瞧一眼钟："别回去了，多双筷子的事儿，在这一起吃了。"老板神秘一笑："今天有老鸭汤，你别走，这东西大补，不好寻摸。"

去年进门，掀帘子，一屋的清瘦，都是老头儿。老板乍见我，认不出，回过神哈哈笑："嗨，当年那么一点，现在这么大了，谁认得出啊？"瞧见我疑惑的神色，他解释："村里没年轻人了，来的都是老人。"

出来，风很凉。我转到火炉，他在加煤，背有些驼，一锹一锹，慢慢来回。

大红招贴还在，雨水浸泡，字迹模糊。右侧残缺了一角，风吹过，孤零零的。

我的高考

那天是六月六日，印象里豆苗已经开花了，一朵一朵的白。

母亲静静不动，直到鞭炮声炸响天空，她瞬时开车。

一群麻雀被声音惊得四散而去，李家的两只公羊还在互相顶着角，湖边的翠鸟忽地从水草中窜出，引出一片片荡荡的波纹。

我下意识地瞄了一眼表：八点零八分。

母亲一脸歉然，拉着大姑的手："家里的活儿离不开人，孩子就交给你们了，我还得赶回去。"大姑抚摸着母亲手上的硬茧："你也累，我那兄弟常年在外，家里家外都靠你一人儿。"

她从后备箱提出八斤猪肉，五斤排骨，还有些牛羊肉："都拿着，都拿着，这些天就不用买菜了。"大姑连连摆手："使不得，使不得，哪有这样的，不过是住几天，多张嘴的事儿，不能收。"两个人纠缠一会儿，大姑把东西拎上楼去。

母亲捏了捏我的脸："妈这就走了，好好考！"还想说些什么，嘴唇动了动，终究无话。车刚驶上大街，她突然打开车门，急急地跑来，气喘吁吁："安神的药在书包夹层，夜里睡不着别忘了吃，医生说没事儿，就吃这几天，没啥副作用。"我点了点头。

"你回去吧，回去吧，我走了！"母亲向我挥手，我目送她的车渐行渐远，消失不见。

考场离姑姑家，步行五分钟。姑父陪我去考场，校内外人来人往。一位母亲如同孙悟空似的，手横在额头，拼命地从毛毛的玻璃往里张望，眼睛里溢出欣喜，连连招手："过来，过来，那就是你的座位，你见着了吗？"姑娘颜色秀丽，白裙下嫩生生的腿，嫌母亲大呼小叫丢人，拼命扯着她的衣袖："妈，我们下去吧。"母亲意犹未尽，还在不断问询："你见着了吗？就靠窗的那个，见着了吗？那位置不错！"

姑父大度地拍了拍肚子："走，我请客，咱去吃饭。"他这是馋酒了，姑姑盯着，他三天饮一小杯，吃饭喝粥，没滋没味，眼巴巴望，姑姑没好气地说："看什么看，没酒，吃饭也堵不住嘴啊？"他傍晚外出锻炼，小卖部来一瓶小二，仰脖喝口，再抿抿滋味。路走完，酒光底，兜里掏出两颗口香糖，嚼嚼盖酒味，身形活泛，嘴里哼着京剧："我好比笼中鸟有翅难展，我好比虎离山受了孤单。我好比南来雁失群飞散，我好比浅水龙困在沙滩。”那几句唱得真是铿锵，不过一辈子他也只会这两句。

小酒馆，一瓶啤的，一碟毛豆，一盘宫保鸡丁。“啤酒冰一会儿啊，喝着爽快！”他把头转向我：“来，吃豆子，题题对。”在盐城方言中，豆和对是同一个发音，取个好意头。

给我倒了满杯，我舔了一点，凉。姑父一瓶啤酒咕嘟咕嘟，一饮而下，立即来两块鸡丁，眼珠子活了，整个人都神气。回家，姑姑一顿劈头盖脸：“烂酒鬼烂自己就行了，还带我侄子去喝酒，明天他大考，你不知道啊，喝坏了怎么办？”姑父满脸堆笑：“喝点酒好睡觉，想那么多没用，你看孩子，一点事没有！”姑姑懒得跟他置气。

表姐在上海工作，我睡在她房间。打开台灯，轻柔的光线，软软的枕头下一本日记本，表姐青春时代的往事朦朦胧胧地浮现，字迹娟秀，几首诗精致华美有点味道。后页写着多行文化常识：经史子集，诗词歌赋，名人资料。隔天，考场，语文卷附加题：“四部”是我国古代图书的分类名称，通常指哪四类?

这种巧合，许是冥冥中有天意。

中午，紧张地睡觉，热烈的阳光在窗外肆虐，烫乎乎的。室内的清凉并未令我入眠，眼睛虽闭着，思维如水雾般蒸腾，这样睡着更累。起身，在书架前逡巡。表姐房间的两大书架本是满满当当，表姐去上海后无人翻阅。林琴与姑父交好，问了一句：“你这些书还要吗？”姑父未上心，大大方方：“你要都拿走！”林琴毫不客气，开了卡车来拉。姑父后悔，但话不好往回收。

如今书籍寥寥，我抽出一本莫泊桑的《俊友》，老译文版的，李青崖译，文字清爽如水，迅速地翻完，里面的性爱描写撩得人辣辣的。

下午的数学卷，难度中上，很多人提笔无言，我也是写得一团乱麻。刚出考场，一女孩蹲在地上，嚎啕大哭，不顾人群来往，大家侧目，也都心中了然，看着她也同情自己。有些同学为了干扰他人心绪，故意大声嚷嚷：题目简单，迅速答完，也引得旁人怒目相视。考完后，浏览网页，出卷者被骂得狗血喷头，惨不忍睹，考生的帖子均是怒气冲冲，很多人豪气干云，愿提三尺长剑，手刃出题者，以泄怨愤。

母亲夜晚打来电话，未问考试情形，只说离家一会儿，鱼塘一箱鱼苗被盗，不见踪影，对损失心疼。我劝慰几句，挂了电话。

六月八日，只下午一场英语，略显轻松。晚饭后，姑父给我放水洗澡，我顶着湿漉漉的头出来，母亲正与姑姑电话，说是捡了钱。路上，一人骑行摩托车，风驰电掣，钞票不断飞出，自己却无察觉。母亲捡了两三张，一辆汽车紧随其后，三个男人也下车捡钱，母亲怕惹事，也就回了。姑父痴痴地笑：“这年头还能捡到钱不容易！”

第三天的情绪碎碎的，考完疲惫且轻松，瞧见有同学在烧书，咔哧咔哧，火苗明晃晃的，微风拂过，灰烬飘舞。歇斯底里的吼叫此起彼伏，书包朝楼下扔去，砰砰作响。一个女孩在顶楼有节奏地走来晃去，似在跳舞，夕阳余晖照得她的人如纸片一样单薄透明，拉长的背影寂寥孤单，我慢慢地走远。

走的那夜，姑父端出一方印送我，刻的隶书，字迹俨然，法相庄严，四个字：胜败不忧。我握在手心，一股温热感。

姑父这辈子幸也不幸，做了半生闲人，青春岁月上海下放来了苏北农村，语言不通，多被戏弄。娶了我大姑，未能返乡，落实政策，进了水厂，我奶奶抱怨：“嫁给个南蛮子干嘛？”之后难得回家，老爷子走的时候，都未能静立床边。只干了几年，办了病退，也不知使了什么法子，工资照发，奖金也有，真成了衣食不愁的闲人。天天只有两件事：麻将与做菜，闲散得不得了。

五十岁那年，寒风刺激，面瘫，虽治愈，医生说心火大。赌友相劝，篆刻可以养气怡神，去心火。先拜了当地的先生，先生嫌他年纪大，怕坏了名头，不收。他天天提着好酒，端着好菜去磨，结果没成了徒弟，两人喝成了哥们儿。

学篆刻，心要静，手要稳。姑父的手摸惯了二四八万，哪里攥得住刻刀。由浅入深，在白纸上摹了样，顺着笔画，一刀刀地削。刻了再磨，磨了再刻，半年多，有了个大致模样。揣摩笔法，观摩名帖，网上名印的图片打印下来，自己揣度。有心得之作找先生请教，先生指摘出不足，他用心记下。现在刻的印有些名家风骨了。姑姑本不愿让他学印，土埋半截子的人，学这劳什子干嘛？可学了印，便不去赌，酒也喝得少了，喝酒手会抖，姑姑也就由得他去魔怔。

这方印我一直留着，没动过。

回家，母亲如释重负地欣喜，晚上憋不住：“考得怎样？”我嘴里塞着饭模模糊糊：“一般，等分数吧。”

“哦，哦！”母亲往我饭碗里夹菜，堆得小山一般，笑着说：“你考试这几天，我心慌，心跳得都没了。考完了，好！考完了好！”

高考不如意的人，在大学四年里喜欢宣传一个童话：高考失常，没发挥好。我也未能免俗。

话是眼前，转眼经年。回首望去，姑父一家早已远走昆山，在异地孤孤单单。多年的赌博终于戒掉了：“小区里的老头儿素质太差，一两块就能撒泼打滚，玩不起来！”

玩，多么诱惑的字眼。高考成绩公布那晚，姑父一夜未眠，凌晨电话我：“别想那么多，暑假两个月好好玩，那些事随缘，想也没用。”这些景象历历眼前，可如今的他千里相隔，郁郁寡欢，每天形影相吊去昆山图书馆读书，看报，几次我都能听到图书馆大厅空空荡荡的回音。他的话语很干瘪，他说他老了。

事情星星碎碎，午夜梦回，依旧一身冷汗。灵魂里有鬼似的，一些情形年年幽灵般在梦中晃荡几回：高考试卷清晰在眼前，我一片空白，笔下无字，慌里慌张，无能为力。醒来，天光大亮，我安安稳稳地躺在床上，离噩梦已久远。想到这点，我庆幸也遗憾。

与友聊高考心劫，惊醒迂回，引来附和连连，个个皆梦回考场，心有戚戚焉。

在这点上，原来我从不曾一个人。

食物忆往

螃　蟹

前几日，朋友来访，带来一袋大闸蟹。厨房开火，稍加青盐料酒，只等浓汤滚沸。

把餐桌搬上阳台，触目皆绿，微风徐来，心情酣畅。我与朋友均久已不知蟹味，螃蟹上桌，也顾不得吃相，据案大嚼，满头生汗。抬头相视，均不禁而笑，那日吃得淋漓尽兴，现在想起，仍有舌底生津之感。

“八月秋高蟹正肥”，到了尝鲜蟹的季节。

住在海滨，自然餐桌上的螃蟹就没断过。关于螃蟹的记忆起于幼时，不过吃得大多是河蟹。那时住在乡下，整日追鸡逐狗，赶鸭逗猫。整块的农田边小河沟纵横，下水是平常事。动不动就卷起裤腿，去掏蟹洞，螃蟹哪能束手就擒，张牙舞爪的螯钳夹得手指生疼通红。带着夕阳的余辉，笑嘻嘻地拎着一小桶螃蟹去向奶奶邀功。

奶奶做螃蟹不是蒸煮，而是腌。将螃蟹洗净，倒入适量料酒，酱油，盐，等作料入味。这种方法既简单又快捷，一般第二天就能上桌。

腌蟹是佐粥佳品，吃在嘴里无丝毫生涩咸腥味道，鲜滑异常，配上热腾腾的白米粥，身心皆畅。奶奶看见我狼狈的吃相总是念叨着："螃蟹太鲜，吃惯了螃蟹，再吃其他，无滋味。"年少的我只管贪恋这舌尖上的鲜美，罔顾其他。

奶奶曾偶染小疾，我急急回家探望。服侍之余，四下乱转，河蟹无从可找，螃蟹都是专门的池塘养殖。嘴馋，买来几只尝鲜，味道不及儿时。

漫长的童年都是这样的琐碎，耳边还有哗哗的流水声。

生在盐城，长在盐城，闻名遐迩的阳澄湖蟹自然无缘一悭，负笈读书后，所食之蟹印象最深的当属大纵湖大闸蟹。

有谚云"蟹多少，看水草。菊花黄，蟹肉壮。"曾与父游览大纵湖，举目望来水草丰美，千里碧波，水清而冽，所以这里所产之蟹又叫清水大蟹。

前几年朋友经销此种大闸蟹，近水楼台先得月，那段时间每逢月末无事，总去打秋风。朋友因经销关系，总能弄到正宗的大闸蟹，摆上桌来，清香异常，肉满膏腴，蟹肉白衣赤实，琼瑶味美。两只大螯更是丰腴肥美，浓嫩多汁，一直吃到舌尖发麻。

朋友后转战房地产，这种大快朵颐的机会自然减少了。

生在苏北，食蟹大多为满足口腹之欲，看江南人食蟹就更像艺术表演。

姑父为上海人，当年上山下乡来到此地，后留在此处，一直未归。

看他食蟹是个精细活，一只只蟹腿细细剔出肉来，慢慢剥开螃蟹壳，挑出蟹黄。一只蟹吃完，能把蟹恢复成原样，看得我叹为观止。

我食蟹纯为舌尖上的满足，恣意大嚼，哪能受得了如此精细。幸得姑姑耳濡目染，学的一手巧妙的本事，剔剥干净，绝无碎壳。我也就乐得当大爷，蟹肉剥好，蘸上作料，匆匆下肚。姑父见此，总是笑说：“吃螃蟹吃得就是个心情，剥蟹总得自己动手才能尝到真滋味。”我颔首点头，之后一切如故。

去岁因事往南通，滂沱大雨，腹中饥饿难忍。与友匆匆进一饭馆，却被告知无菜无饭。外面绵绵雨幕，腹中饥饿难耐，身上潮湿难受，实在挪不动步，只得央求：“有什么上什么。”老板娘见我俩如落汤鸡般不忍逐客，答说：“有昨天新到的螃蟹，可做香辣蟹，我们的香辣蟹是一绝。”

饥肠辘辘的我们望穿秋水般等螃蟹出锅，厨师端上来，立刻食指大动，牛嚼牡丹般一扫而空。老板娘笑说：“要不再来一盘？”我俩立刻点头称好。

第二盘端上来，此刻饥火稍解，不再为填空空肚腹，才品出一些门道。这里的蟹肉辣而鲜，炙香膏润，妙的是鲜辣之味不浓不淡，火候适宜，吃得再多也不堵塞味觉反而渐生爽滑之感。

能吃到如此美味，自然讨教。跟老板娘来到后厨，才知生猛活蹦的螃蟹一早就被放在微辣的水中，螃蟹在这种水中自然奋力挣扎，拼命呼吸，香辣鲜味自然流遍螃蟹全身。除此之外，为了更好入味，厨师用牛毛小针在蟹钳上穿眼。

至于煮螃蟹用的汤，也是极有讲究，老板娘说是不传之秘，我们也不便询问。

这样费工夫的一道菜，自然价格不菲，所幸当时暴雨，未有其他客人，老板娘只收取了半价，我俩所费不多。可惜一直未记店名，只记得大概地方，再去南通，几次寻找，一直未见。真有点像《桃花源记》中所说："寻向所志，遂迷，不复得路。"

料峭冬末，朋友来盐做东，所选是一家川菜馆。菜单上赫然印着上好大闸蟹，朋友食兴大动。我立即阻止，螃蟹为寒性之物，冰冷寒冬，不吃为好。

老板在旁劝阻："这不用担心，我们有上好的姜汁与浓醋，包管你们吃得暖洋洋。"

端上前来，细看，确实卖相好，红背白肚，金爪黄毛，螯足强健，食起来也是肉鲜味美，姜汁很浓，醋也够劲，吃起来热汗顿生。朋友吃饱餍足，不免夸赞老板一番，相约下次一定光临。

五月再去，人去楼空，问周围友邻原因，原来老板嗜赌，欠下巨债，索性溜之大吉，餐馆所有都被债主与员工瓜分，墙上刷满了"欠债还钱"的字，见之令人唏嘘。忆起那次食蟹，蟹品不论，未及询问姜汁浓醋来历，甚觉可惜。

岁近三秋，金浪滚滚，又到了一杯浓酒，两只肥蟹消夏的时候。

鱼汤面

大学时，我们这一群饕餮之徒每日所思就是新鲜美食，四年所及，周围餐馆饭庄都曾驻足。饱餐之余，少不得评头品足。朋友中，有一东台人，心心念念者是尝不到一碗正宗的鱼汤面。言及此处的鱼汤面，颇为不屑：滋味不足，清汤寡水。

别人家乡的美食，自然不敢置喙。但内心也不以为然，一碗鱼汤面而已，所欠缺者又能有几多？

去年朋友喜结连理，兄弟们都急赴东台，朋友自然要带我们尝尝家乡特色。天刚蒙蒙亮就拉着我们早起："再不去就吃不到了。"初次所见却颇为失望，鱼汤面馆门脸不大，里面颇为窄小，几张桌子。兄弟们虽不敢抱怨，但不满之色却是显而易见。

鱼汤面进口后，再无一人说话。面条入口爽滑，不需要大嚼，悠悠然进肚，汤白汁浓，滴点成珠。吃完一碗，食髓知味，还想再要，朋友做势阻止。

原来此面馆每天只卖五十碗，清晨起卖，每人只限一碗，给再高的价也绝不多加。

如此傲娇，兴趣陡增，大家纷纷跟老板起腻，赞美奉承之词层出不穷，夸得老板飘飘然，为的就是讨一个做法。

原来与普通鱼汤面制作并无太大不同，绝妙之处就在白汤。选上好鲫鱼，除内脏，洗净沥干。放入油锅爆炸，炸酥捞起。此时所用油最好为猪油，用猪油烹出的鱼鲜香之气溢人。炸好的鲫鱼和鳝鱼骨一齐倒入锅中，大火烧沸。这是起底的白汤。

此时的白汤还有腥气。将锅中的鱼骨捞起烘干，放猪油热水烧沸，成为第二份白汤。

再用同样的方法，加虾籽、绍酒、姜、葱，开水，大火烧透，成第三份白汤。

将这三份白汤混合下锅。

鱼汤面出锅后，加些许菜心。露珠盈碧，翠盖澄鲜。喝一口，鲜香无穷，滋味浓长。

但这家之所以能独特于别家，还是在于汤。老板说他家的汤一部分是用上好排骨吊出来的，所以看起来一清似水，在舌尖上却清而不腻。

另一部分高妙之处，在于上好鱼骨。他家的鱼骨是多年沉淀下来的，每熬一次，就浓过一分，所以他家的面才能鱼香入骨，腴香珍美。

那天出来还是清晨，雾气蒙蒙，兄弟们谈笑美食，勾肩搭背，呼出的热气残留至今。

现在忆起，还记得嘴唇上的微微湿润。

白煮肉

吃白煮肉得趁个热乎气，肚子似饿未饿，汤浓汁鲜，急急地伸一筷子，大块的五花肉塞得嘴里满坑满谷，鲜烫的汤汁烫得舌头伸伸缩缩，热热地下肚。这才叫大块吃肉，过瘾！解馋！

朋友林最喜就是白煮肉，那是他的拿手菜。月光族如我到了月末为了安慰肚子，就赖在他家，大呼小叫，颐指气使。他在厨房忙得四脚朝天，我躺在沙发上悠悠然：“快点啊，怎么这么慢，我饿了！”长此以往，狐朋狗友都闻香而来，林总是哀叹：“怎么认识我们这帮二流子？”

一盘白煮肉氤氲着热气上来，那拼得就是眼疾手快了，绝对得稳准狠。群狼抢食，瞬间一扫而空，我每回都能抢到四、五块，这绝对是本事！

后林因病去京就医，一群狐朋狗友也各自有事，奔走西东，散落天涯。每到月末心中空空然，自己孑然一人学做白煮肉，肉汤噗噗地扑打着锅盖，香气四溢，望着窗外的悠悠蓝天，情不知所以，多想大家再聚在一起，纵情吃喝，大碗喝酒。

自己做多了，也琢磨出了一些门道。白煮肉所加作料甚少，最大程度上保留了肉的原汁原味，吃的就是食材的原始味道，所以耐吃，解馋。在唇齿间缠绵的那种朴素肉香让人欲罢不能。

白煮肉的出现是机缘巧合，满清贵族有祭神制度，所用祭品为大的活猪，祭神过后，祭品不能就在那摆着，所以大多赏给更夫。一大头活猪更夫们吃不完，就在王府更房墙外开了个小门脸，卖起了猪肉，取名和顺居，就是现在的缸瓦市。他们所用是一口直径133cm的大砂锅，将整头猪放在里面白煮。一整头猪经过慢慢长夜到第二天早晨正好皮酥肉烂。将白煮肉切片，自己随意加调料蘸食，肉香味美，逐渐闻名。久而久之，原名已被人淡忘，那头煮猪的砂锅却如此醒目，于是原先的和顺居就变成了砂锅居。

“缸瓦市中吃白肉，日头才出已云迟”说的就是砂锅居白煮肉的红火，更有谚语佐证：砂锅居的幌子——过午不候。

砂锅居以白煮肉皮酥肉烂而闻名，但这种吃法却不受年轻人的青睐。年轻人火力壮，牙筋骨健，滚烂的白煮肉在他们嘴里缺少嚼劲。所以大块的白煮肉最好煨到八九成熟，既酥软易食，又充满韧性，自己用牙齿将肉的鲜味撕开，那种满足言有尽而意无穷。

旧时盐城，地少人稀，贵客远来，不尚精致，大个盘子大块碗，为的就是让人吃饱，桌上大块粗犷的白煮肉是必不可少的。

小时，听奶奶说，那时的教书匠午饭是到每个学生家里吃的。此教书匠明言：豆腐就是我的命，因此家家户户常备豆腐。一日，此教书匠到学生家，桌上早早地摆上了辣豆腐，吃到半途，主人家把锅里煨着的白煮肉端上桌。教书匠专心吃肉，再也不顾及豆腐。

主人家存心戏弄：“先生不是说豆腐就是您的命吗？”

该教书匠答曰：“有了白煮肉就不要命了！”

虽是笑言，却可见一斑。

吃白煮肉，最好是在飘雪冬日。屋外北风呼呼，室内偎上一锅浓浓的白煮肉，吃得一家子满室皆春。

现在去餐馆就餐已很少点白煮肉，那里面有林的味道和我们这帮狐朋狗友的年少猖狂。

清炖狮子头

吃清炖狮子头不宜去饭馆，厨子烧这道菜多用大火猛攻，以期速成，清香滋味皆无，且油重汤腻，实在不是上佳之选。

文火、小灶、慢炖。清汤慢慢扑打着锅盖，香气渐渐袭来，裹成一团钻入鼻尖。打开锅盖，肚内馋虫大动，撒上些许青菜。滚滚浓汤，洁白胜雪，鲜翠青菜，湛清碧绿，交相辉映，实为悦目乐事。这样端出来的狮子头才是家常味，有烟火气，暖胃可心。

氤氲热气中，夹上一块，肉嫩丝滑，入口香软，汤汁清鲜平和，配上两大碗白米饭，真是大快朵颐。

味重的可放一碟辣椒，或配上酱油香醋，细滑软肉裹上鲜香辣椒，包你吃个热乎气。

大学一同窗是扬州人，他母亲做狮子头是一绝。做客于他家时，亲眼见到烹制过程，确实费工夫。选料讲究，肥瘦搭配要均匀，肥肉多，则不易制作，如果过少，则无口感。至于搅拌成型更需要手上功夫了得。我们日常所见狮子头外脆里生，不下锅蒸煮是无法尝食的。他们一般于熄灶前，要炸十多个里外皆熟的狮子头，炸得金脆焦黄，然后盛盘，大家分食，咬一口吱吱冒油，个别地方火大炸得过了，入口却无糊味，清脆可口。不知此规矩是他家独有还是扬州代代相承？

曾路过山西一小城，盘桓数日，所闻所见，家家颇好面食，于肉菜上并不十分要紧，一餐馆厨师居然怕肉菜不熟，让我先试尝一下，场面颇滑稽。当地旧友怕慢待我们，介绍了一家川菜馆，菜单上赫然印着清炖狮子头。川菜馆，清炖狮子头？心中颇踌躇，奈何我是无肉不欢之人，不喜面食，几日饭菜皆不满意，抱着姑且一试的态度。端上来后，却是心中一亮，汤鲜肉嫩，汁浓味美，佐味小菜也是鲜爽异常。特别有一小盘烤鸭，皮脆肉细，入口即化，令人叹服。我们吃饭之时，已属下午，就我们一桌客人，炒完菜，厨师坐到门口，徐徐点燃一根烟，望着街上人来人往。

“师傅，你菜烧得真地道啊！”

他回头，我心惊，一只独眼。

“这算什么啊，要是有鲜蘑菇配狮子头熬汤，保证你们吃得舌头都掉下来，再吃什么都是清汤寡味。”

自己一人独居，下厨多在假日。到菜市场买一小捆青菜，回家炖一大锅狮子头浓汤，清净，简单。看着火苗煨着浓汤，时间仿佛停止，望向窗外，已是霓虹初上。

今夜，月白风清，来碗清炖狮子头可好？

图书在版编目（CIP）数据

那么短的快感，那么长的人生 / 颜彦清著．— 北京：人民交通出版社股份有限公司，2016.11

ISBN 978-7-114-13407-4

Ⅰ．①那… Ⅱ．①颜… Ⅲ．①人生哲学－通俗读物 Ⅳ．① B821-49

中国版本图书馆 CIP 数据核字（2016）第 255402 号

Name Duande Kuaigan Name Changde Rensheng

书　　名：那么短的快感，那么长的人生
著 作 者：颜彦清
监　　制：邵　江
策　　划：刘楚馨
特约策划：童　亮
责任编辑：刘楚馨
营　　销：吴　迪　刘　君
内文插图：yangmwahaha
装帧设计：WONDERLAND Book design 仙境QQ:344581934
出版发行：人民交通出版社股份有限公司
地　　址：（100011）北京市朝阳区安定门外外馆斜街 3 号
网　　址： http://www.ccpress.com.cn
销售电话：（010） 59757973
总 经 销：人民交通出版社股份有限公司发行部
经　　销：各地新华书店
印　　刷：北京盛通印刷股份有限公司
开　　本：787×1092　1/32
印　　张：9.25
版　　次：2016 年 11 月　第 1 版
印　　次：2016 年 11 月　第 1 次印刷
书　　号：ISBN 978-7-114-13407-4
定　　价：35.00元